Cornelia Franz

Wie ich Einstein das Leben rettete

Mit Vignetten von Petra Baan

GERSTENBERG

Lorenzo rannte um sein Leben. Diesmal wollte er zu den Ersten gehören, die die rettende Gangway erreichten. Doch er hatte zu lange gewartet, weil er Malik gesucht hatte. Noch einmal ganz hinunter in den Bauch des Schiffes war er gelaufen, um ihn zu holen. Aber er hatte ihn nicht gefunden, weder im Autofrachtraum noch in einer der Kabinen. Kostbare Zeit hatte er verloren, weil er all die Treppen wieder hochlaufen musste. Und jetzt war das Deck bereits voller Menschen, sodass er kaum vorwärtskam.

»Malik? Malik, wo bist du?« Lorenzo schaute in alle Richtungen. Wenn sie sich nicht beeilten, kamen sie niemals rechtzeitig von Bord. Die Luft war schon voller Brandgeruch. Schreie, Flüche, verzweifelte Hilferufe vermischten sich mit dem Jaulen der Schiffssirene. Er hatte es gewusst: Das Feuer kam näher, die Menschen gerieten in Panik!

An die Reling gepresst stand er da und sah hilflos zu, wie die Passagiere versuchten, an Land zu kommen. Wie sie Taschen und Koffer fallen ließen, um schneller zu sein. Wie sie drängelten und schubsten, bis die Ersten stürzten. Er wollte das nicht sehen! Sein Blick wanderte zur Skyline von Manhattan hinüber, wo hinter den altmodischen Wolkenkratzern gerade die Sonne aufging. New York war unerreichbar.

Da zog ihn jemand am Arm. »Lorenzo …«

Malik war da, endlich! Erleichtert packte er ihn bei den Schultern und schüttelte ihn. »Wo hast du denn gesteckt, verdammt noch mal?« Er drückte ihn an sich. »Nun komm!«

»Meinst du, wir schaffen es dieses Mal?«

»Natürlich schaffen wir es. Pass nur auf, dass du dicht bei mir bleibst!« Er nahm ihn an die Hand und gemeinsam bahnten sie sich ihren Weg zur Gangway.

»Women and children first! Frauen und Kinder zuerst!«, schrie ein Schiffsoffizier und tatsächlich gab es ein paar Männer, die Lorenzo und Malik durchließen.

Nur noch wenige Meter, dann waren sie auf dem hölzernen Steg, der auf den Kai führte. Nur noch drei, vier Schritte, dann waren sie an Land. Nur noch wenige Sekunden, dann würde der ganze verdammte Spuk vielleicht vorbei sein. Geschoben und gestoßen von den verängstigten Menschen hinter ihnen, stolperten sie über die Gangway. Keinen einzigen Moment lockerte Lorenzo den Griff, mit dem er Maliks Hand umklammert hielt. Dieses Mal mussten sie es schaffen!

Auch als ihm schwarz vor Augen wurde und ihm die Sinne schwanden, ließ er den Jungen nicht los. Das Letzte, was er spürte, waren Maliks verschwitzte Finger. Dann fiel er in ein tiefes dunkles Loch.

Als Lorenzo die Augen öffnete, lag Malik zusammengerollt wie eine Katze neben ihm an Deck, in seinem alten Spiderman-T-Shirt. Gespenstisch still war es nach dem Geschrei, das gerade eben noch die Luft erfüllt hatte. Nur das Stampfen der Motoren war zu hören und das Schlagen der Wellen gegen den Bug. Nicht einmal das Krächzen der Möwen begleitete das

Schiff, hier, mitten auf dem offenen Meer, drei Tagesreisen entfernt von der amerikanischen Küste.

Es dauerte keinen Wimpernschlag, dann wusste Lorenzo genau, wo er sich befand. Wieder einmal.

Ein paar Minuten lag er an Deck und starrte verzweifelt und mutlos in den Morgenhimmel, der wie zum Hohn in den schönsten Goldtönen schimmerte. Dann richtete er sich auf, sodass ihm der Seewind die Locken aus der Stirn blies. Sein Blick ging hinaus über den Ozean, wo kein Land in Sicht war, und dann zurück zu dem schlafenden Malik.

Lorenzo ballte die Fäuste. Tief durchatmend biss er sich auf die Lippen und schluckte die Tränen hinunter, die in ihm aufstiegen. Nein, auch wenn sie dieses Mal wieder gescheitert waren: Er würde nicht aufgeben. Es musste einen Weg geben, von diesem verdammten Schiff runterzukommen. Und er würde ihn finden.

Teil 1

Atlantischer Ozean

Fantasie ist wichtiger als Wissen,
denn Wissen ist begrenzt.
Albert Einstein

1

Achterbahn, hinauf und hinunter, und keine Chance auszusteigen. In Emilys Magen rumorte es. Der Saal drehte sich um sie herum, die Leuchter an der hohen Decke schwankten verdächtig. Ihren Vater, der ihr gegenüber an dem runden Tischchen saß, nahm sie nur verschwommen wahr. Von dem, was er ihr da gerade erzählte, bekam sie kaum etwas mit.

Fünf Tage waren sie jetzt schon auf der *Queen Mary*. Die Fahrt von Hamburg den breiten Fluss hinunter war so schön gewesen, vorbei an der glitzernden Elbphilharmonie und all den vielen Schiffen im Hafen. Vom Strand aus hatten die Menschen ihnen zugewinkt und hinter Hamburg waren sie vom Willkomm-Höft mit Musik verabschiedet worden. Keinen einzigen Moment lang war ihr unwohl gewesen. Auch als es dann von Southampton aus hinaus auf den offenen Atlantik gegangen war, hatte ihr das Wiegen des Schiffes nichts ausgemacht. Im Gegenteil, sie hatte alles an Bord genossen: den Swimmingpool, das viele gute Essen und das Planetarium, wo man in die Geheimnisse des Weltalls eingeweiht wurde. Aber ausgerechnet heute, kurz vor ihrem Geburtstag, wurde sie seekrank.

»Zwölf Jahre, Emily! Zwölf, das ist etwas ganz Besonderes.

Eine magische Zahl, weißt du? Ein Jahr hat zwölf Monate, es gibt zwölf Tierkreiszeichen, Jesus hatte der Überlieferung nach zwölf Jünger. Und in der Mythologie bedeutet ...«

»Papa! Tut mir leid, ich muss kurz raus.« Emily stand auf und hielt sich an der Tischkante fest. Beinahe hätte sie die Sektflasche umgestoßen, die vor ihr stand. Eisgekühlter Erdbeersekt, natürlich ohne Alkohol – auf diesem Schiff gab es nichts, was es nicht gab. »Ich bin gleich wieder da.« Und schon rannte sie aus dem Restaurant, vorbei an dem Kellner, der gerade eine Geburtstagstorte durch die Tischreihen balancierte.

»Aber Emmi, es ist fünf vor zwölf!«, hörte sie ihren Vater rufen.

Sie lief die breite geschwungene Treppe hinauf, wobei sie das Kleid, das sie zur Feier des Tages trug, mit den Händen raffte. Über den roten Teppich ging es hinweg, Stockwerk für Stockwerk höher, Deck für Deck, bis sie durch die oberste Bar hindurch nach draußen gelangte. Frische Seeluft, wie gut das tat!

Tief atmend lehnte sie sich an die Reling und schaute hinaus auf das schwarze Meer. Nieselregen hüllte sie ein, aber das störte sie nicht. Im Gegenteil, es gefiel ihr, so ganz allein hier oben zu stehen. Der große, weite Ozean lag vor ihr: undurchschaubar, unergründlich und voller Geheimnisse, wie die Zukunft. Papa hatte recht: Zwölf Jahre, das war wunderbar! Es war soo nett von Papa, ihr zum Geburtstag eine Schiffsreise nach New York zu schenken – auf der *Queen Mary 2*, dem schönsten Passagierschiff der Welt, wie es im Prospekt hieß. Auch wenn er damit sein schlechtes Gewissen beruhigen wollte, weil er sonst so wenig Zeit mit ihr verbrachte und immer nur mit seinem Job beschäftigt war. Aber seitdem sie an Bord waren, hatte er sein Handy tatsächlich nur noch benutzt, um Mama ein paar Fotos von ihrer Reise zu schicken.

Emily schloss die Augen, legte den Kopf in den Nacken und hielt ihr Gesicht in die kühle Brise. Als sie die Augen wieder öffnete, hatte der Seewind die Regenwolken weggepustet. Über ihr spannte sich ein funkelnder, flimmernder Winterhimmel, der kein Ende nahm. Sterne über Sterne über Sterne! Auch die Milchstraße war als weißes Band zu sehen. So einen Himmel gab es in Hamburg nicht.

»Oh ja, der ist überall so. Wir sehen ihn nur nicht immer in seiner ganzen Schönheit.«

Überrascht drehte sich Emily um. Neben ihr stand ein Mann in Mantel und Wollmütze an der Reling und nickte ihr freundlich zu. Hatte sie aus Versehen laut gesprochen, statt zu denken? Vielleicht wurde sie allmählich tüdelig. Wie spät war es eigentlich? Sie wollte auf ihre Armbanduhr schauen, doch der Blick des Mannes ließ sie stocken. Seine dunklen Augen lächelten so freundlich und humorvoll, dass sie sich in seiner Nähe wohlfühlte und gar keine Lust hatte, schnell wieder ins Restaurant hinunterzulaufen.

»Als Kind hab ich angefangen, die Sterne zu zählen«, sagte der Mann. »Aber ich bin immer durcheinandergeraten.«

»Das kenne ich. Ich hab's auch mal versucht!«, rief Emily. »Und dabei ist das Universum doch unendlich.«

Der Fremde zupfte an seinem dichten Schnurrbart herum. »Tja ... Zwei Dinge sind unendlich, das Universum und die menschliche Dummheit. Aber beim Universum bin ich mir noch nicht ganz sicher.« Er kicherte.

Stirnrunzelnd schaute Emily ihn an. Das war schon ein ulkiger Mann. »Nun aber keine Zeit verlieren«, murmelte er, wobei er eine altmodische Taschenuhr hervorzog. »Es ist gleich Mitternacht.« Entschlossen griff er in seine Manteltasche und holte etwas heraus, das wie eine Feuerwerksrakete aussah. »Du lieber Himmel, bin ich gespannt!«, sagte er und ließ wieder ein kindliches Kichern hören.

»Ich auch«, entfuhr es Emily. Als der Fremde mit der einen Hand die Rakete in die Luft hielt und mit der anderen ein Feuerzeug unter der Zündschnur anklickte, lief ihr ein Kribbeln von der Kopfhaut bis hinunter in die Zehenspitzen. Eine Geburtstagsrakete, wie schön!

Der Mann begann zu zählen. »Zehn, neun, acht ...« Er sah sie auffordernd an.

»... sieben, sechs, fünf, vier, drei, zwei«, zählte Emily jetzt mit. »Eins und null!« Die Rakete schoss in den Himmel. Ein leuchtend roter Stern, der immer kleiner und kleiner wurde. Mitten hinein in das silberne Gefunkel dort oben sauste er und Emilys Blick folgte ihm, bis er zwischen all den Sternen nicht mehr zu erkennen war. Es flimmerte ihr so vor den Augen, dass ihr schwindlig wurde und sie sich an der Reling festhalten musste. Alles begann sich zu drehen, die Sterne, das Meer, die klugen braunen Augen des Fremden. »Nanu«, murmelte Emily, »nanu.« Ganz leicht und neblig wurde ihr im Kopf, als würde sie Teil einer schwebenden schwarzen Wolke. Und dann schwanden ihr die Sinne.

2

Es roch merkwürdig brenzlig, nach qualmender Kohle und Lagerfeuer. Emilys Augen tränten und ihre Finger, die die Reling umklammerten, waren steif vor Kälte. Aber ihr war nicht mehr schwindlig. Und so ließ sie das Geländer los und rieb sich übers Gesicht, um richtig wach zu werden. War sie etwa hier oben an Deck eingeschlafen? Noch dazu im Stehen? Das konnte ja wohl nicht sein.

Die Sterne standen immer noch hoch am Himmel, unter ihr wogte das schwarze Meer, genau wie zuvor. Aber trotzdem fühlte sich alles so ganz anders an. Der Qualm in der Luft, das deutlich lautere Stampfen der Motoren, selbst das Deck unter ihren Füßen schien ungewöhnlich stark zu vibrieren. Auch das Licht an Bord hatte sich verändert. Schützend schlang sie die Arme um die Schultern. Sie zitterte, obwohl es viel wärmer war als gerade eben noch. Jetzt aber schnell ins Restaurant zurück zu Papa, der sich bestimmt schon Sorgen machte. Vorsichtig ging sie über das spärlich beleuchtete Achterdeck zur Tür, um durch die Bar zu den Treppen nach unten zu laufen.

Doch schon nach wenigen Schritten traute sie sich keinen Meter weiter. Hier stimmte ja gar nichts mehr! Sie fand den

Eingang zur Bar nicht. Dort, wo eine Glastür sein sollte, war eine Wand. Und diese hölzernen Rettungsboote hatten vorhin auch nicht da gehangen. Am merkwürdigsten waren jedoch die gewaltigen gelben Schornsteine, aus denen dicker Qualm Richtung Heck zog. Die waren ihr noch nie aufgefallen ... »Ich versteh das nicht«, murmelte sie. Ratlos stand sie im Seewind und schaute sich mit großen Augen um.

Als sie suchend weiterging, fand sie eine Tür, die in ein schlichtes Treppenhaus führte, das so gar nicht zur sonstigen Einrichtung der *Queen Mary* passte. Vielleicht war sie ja doch an der Reling eingeschlafen und dann geschlafwandelt, sodass sie sich jetzt in einem anderen Teil des Schiffes befand? Früher war sie manchmal im Schlaf in der Wohnung herumgegeistert, bis Mama sie geweckt und ins Bett zurückgebracht hatte.

Ein junger Mann kam ihr entgegen. Er trug einen schlecht sitzenden Anzug mit viel zu kurzen Ärmeln und ausgebeulten Knien, dazu Hosenträger und eine Schiebermütze auf dem Kopf. Mitleidig sah er an ihrem nassen Kleid hinunter. »Na, Lütte, hast dich verlaufen? Du bist doch bestimmt nicht dritte Klasse, oder?«

Sie rollte mit den Augen. Dritte Klasse? Nach den Sommerferien kam sie in die siebte! Und was ging das diesen Typen in seinen altmodischen Klamotten überhaupt an? »Pfff«, machte sie. Doch dann guckte sie freundlicher. Denn verlaufen hatte sie sich wirklich und der Mann konnte ihr vielleicht helfen. »Ich suche den *Queen's Room*«, sagte sie. »Mein Papa wartet da auf mich.«

Der Mann zuckte die Schultern. »*Queen's Room*? Kenn ich

nicht. Der Adel kann mir den Buckel runterrutschen.« Immer noch musterte er sie von Kopf bis Fuß. »Also, wenn du in die zweite Klasse willst, solltest du ein Stück bugwärts gehen. Oder fährst du Luxus? Dann musst du noch weiter zur Schiffsmitte.«

Jetzt verstand Emily ihn endlich. Er glaubte also, dass sie in einer der tollen großen Außenkabinen schliefen. Nein, so spendabel war Papa nun auch wieder nicht. »Wir haben Kabine 11017, auf Deck elf«, antwortete sie.

Der Mann schüttelte den Kopf. »Ich kenn nur die dritte Klasse. Viel Glück bei der Suche.« Er ging an ihr vorbei die Treppe hoch.

Ja, Glück konnte Emily wirklich gebrauchen. Noch nie in ihrem Leben war sie so verwirrt gewesen. Treppauf und treppab lief sie, doch es war wie verhext. Sie fand nicht zurück in den schönen warmen *Queen's Room*, wo ihr Vater auf sie wartete. Wenn sie doch nur ihr Handy nicht in der Kabine gelassen hätte, dann könnte sie ihn anrufen.

Schließlich traf sie am Eingang zu einem weiteren Gang auf einen Steward in Uniform, der sie genauso musterte wie der junge Mann zuvor. Doch leider längst nicht so freundlich. »Was läufst du hier mitten in der Nacht herum?«, herrschte er sie an, während er ihr den Weg versperrte. »Geh zurück in deinen Schlafraum! Wenn ich dich noch einmal hier erwische, gibt's Ärger!«

Mit Tränen in den Augen biss sich Emily auf die Unterlippe. Sie war erschöpft, das nasse Kleid klebte ihr am Körper und sie wollte endlich ins Bett.

Aber der Steward zeigte wenig Mitleid. »Ab hier kommt nur noch die zweite Klasse. Ihr wisst doch, dass ihr dort nichts zu suchen habt«, sagte er barsch. Er packte sie fest am Arm und schleppte sie den Korridor hinunter. »Schläfst du hier?«, fragte er vor der ersten Kabine.

Sie nickte, damit er sie endlich losließ. Und so öffnete er die Tür und schob sie in den Raum hinein. Im Dunkeln nahm sie erst nur die abgestandene, nach Schlaf riechende Luft wahr. Dann sah sie die beiden Stockbetten – und das Mädchen, das von einer der oberen Pritschen auf sie hinunterschaute. »Was machst du hier?«, flüsterte es.

»Ich hab mich verlaufen«, flüsterte Emily zurück und fing an zu weinen.

Drei Sekunden später war das Mädchen vom Bett geklettert. In dem wenigen Licht, das unter der Tür hindurch in die Kammer fiel, sah Emily, dass die Kleine vielleicht acht Jahre alt war und lange Zöpfe hatte, die ihr über das Nachthemd hingen. »Wo ist denn deine Kabine?«, fragte sie leise.

»Irgendwo ganz vorne im Schiff. Ich finde den Weg nicht mehr.«

Das Mädchen nickte wissend. »Ach so, vierte Klasse, Zwischendeck«, sagte sie. »Da kommt man von hier aus nicht hin. Aber ich weiß einen Weg.«

Vorsichtig öffnete sie die Tür und gemeinsam lugten sie in den Korridor. Der Steward hatte ihnen den Rücken zugewandt. »Komm schnell.« Sie nahm Emily bei der Hand und zog sie in die andere Richtung.

Eilig ging es einige Treppen hinunter, bis sie zu einer Metalltür kamen. »Schau, dahinter ist ein Gang. Der führt zu den Turbinenräumen. Und von dort aus kannst du durch die Kesselräume laufen. Du musst dann nur noch durch einen Gang, von wo aus du ins Treppenhaus für die vierte Klasse kommst«, sagte das Mädchen stolz.

»Woher weißt du das?«, fragte Emily.

Ein Schatten ging über das Gesicht des Mädchens. »Mein Bruder und ich, wir haben uns überall umgeschaut. Wegen dem, was auf der *Titanic* passiert ist. Damit wir nicht eingesperrt sind, wenn's ein Unglück gibt ... Auf der *Titanic*, da haben sie ja fast nur die reichen Leute gerettet.« Sie stockte und ihre Unterlippe zitterte. »Das muss schrecklich gewesen sein«, murmelte sie. »Meine Cousine Gertrud ist auch ertrunken, und deshalb hab ich schreckliche Angst vor dieser Schiffsfahrt gehabt.«

Emily schaute sie fragend an. Die *Titanic*? Das war doch über hundert Jahre her! Ihre Urgroßcousine meinte sie wohl.

»Eigentlich ist der Gang nur für die Besatzung, falls sie was an der Schiffswand reparieren müssen oder so«, erklärte ihr das Mädchen jetzt. »Aber Heinzi und ich, wir haben uns sogar schon mal in die Luxusklasse geschlichen. All die feinen Pinkel ... Heinzi meint, das ist dort fast so schön wie beim Kaiser.«

»Aha«, erwiderte Emily immer noch irritiert.

Während das Mädchen Emily die Tür aufhielt, flüsterte sie: »Du musst gut achtgeben, wenn du im Kesselraum bist, dass sie dich nicht erwischen.« Sie schüttelte sich, als sähe sie ein Gespenst, sagte: »Atschüss, ich geh wieder ins Bett«, und schon rannte sie auf ihren nackten Füßen davon. Am Ende des Gangs drehte sie sich noch einmal um. »Es ist soo gruselig da!«

»Oh ... und vielen Dank!«, rief Emily ihr zu. Dann schlüpfte sie in den schmalen Gang, in dem nur eine Notbeleuchtung für etwas Licht sorgte. Mit klopfendem Herzen machte sie sich auf den Weg.

Gruselig – das war es wirklich hier unten im Bauch des Schiffes, wo sie nur eine Metallwand vom Meer trennte. Und wie laut man die Schiffsmotoren hören konnte! Je näher sie dem ersten Turbinenraum kam, desto stärker wurde das Dröhnen. Angstvoll öffnete sie schließlich die Tür, die in den Raum mit den großen Turbinen führte. Hoffentlich war hier niemand. Sie traute sich nicht, sich umzuschauen, sondern lief mit gesenktem Kopf zum nächsten Raum. Wenn man so tut, als wäre man gar nicht da, dann wird man nicht so leicht entdeckt. Das hatte sie beim Versteckspielen gelernt. Und tatsächlich schaffte sie es durch beide Turbinenräume hindurch, ohne gesehen zu werden.

Dann kam der erste Kesselraum. Emily stemmte die schwere Tür auf – und prallte entsetzt zurück. Das war ja die Hölle! Ohrenbetäubender Lärm schlug ihr entgegen. Es war so heiß, dass sie kaum Luft bekam. Blinzelnd schaute sie in die düstere Halle, in der riesige, bestimmt fünf Meter hohe Stahlkessel standen. Alles war voller Kohlenstaub, sodass sie im ersten Moment die Männer kaum erkannte, die an den Heizkesseln arbeiteten. Sie hantierten mit langen Schaufeln und Stangen, um Kohle in die glühenden Öffnungen zu bugsieren.

Emily hielt sich die Ohren zu. Doch das Schaben der Schaufeln auf Metall, das Prasseln des Feuers, das Gebrüll der Heizer war mächtiger. Irgendwo zischte ein Ventil, eine Klingel schrillte, sie zuckte zusammen. Nein, unmöglich! Hier konnte sie nicht durch. Aber zurück wollte sie auch nicht. Und so ließ sie die Tür hinter sich zufallen und tastete sich Schritt für Schritt weiter. Heiß, laut und gefährlich war es hier – und doch auch faszinierend.

Plötzlich packte sie jemand am Arm und sie schnellte herum. Ein Riese, ein rußverschmierter Koloss! In seinem dunklen Gesicht leuchteten die Augen unnatürlich weiß. »Bist du lebensmüde? Was tust du hier?«, schrie er Emily an. Er packte sie auch noch am anderen Arm und hob sie in die Luft. Vor Schreck trat sie um sich, sodass sich auch der Heizer erschrak. Er ließ sie los und sie rannte wie ein Hase davon, an der Schar der schuftenden Männer und den Kesseln vorbei zum Ende des Raums.

Wieder eine Tür, noch solch ein Raum! Und auch durch diese glühend heiße Hölle rannte Emily, ohne anzuhalten. Keiner der Männer an den Kesseln folgte ihr. Sie hatten alle genug zu tun. Vielleicht waren sie auch zu müde und erledigt von ihrer schweren Arbeit. Als sie schließlich die letzte Tür hinter sich zuschlug und den rettenden Gang erreichte, der in den Bug des Schiffes führte, keuchte sie vor Anstrengung. Schwer atmend gelangte sie in das Treppenhaus, wischte sich den Schweiß von der Stirn und besah sich ihr Kleid, das von der Hitze getrocknet war. Sie war ja völlig verdreckt! Emily hätte nicht gedacht, dass es auf einem Luxusschiff wie der *Queen Mary* derart grässliche Orte gab, wo die Menschen so schuften mussten.

Hoffentlich fand sie jetzt endlich, endlich ihre Kabine. Wenn Papa noch immer im *Queen's Room* auf sie wartete, könnte sie ihn auf dem Handy anrufen. Oh Mann, der dachte sicher, sie wäre über Bord gegangen. Und wenn sie später Mama erzählte, was sie alles erlebt hatte, durfte sie bestimmt nie wieder mit Papa allein verreisen.

3

Egal, welche Tür sie öffnete, ganz gleich auf welchem Deck, absolut nichts kam ihr bekannt vor. Hinter jeder Tür befanden sich Kabinen mit mehreren Stockbetten. In manchen Räumen schliefen bestimmt an die zwanzig Leute. Das war eine üble Luft und ein Geschnarche ... Warum fand sie denn nur nicht die Etage, auf der das schöne Zweibettzimmer lag, das sie sich mit Papa teilte? Schließlich landete sie in einem Essraum mit langen Holztischen, wo sie sich verzweifelt auf einer der Bänke niederließ. Sie vergrub den Kopf in ihren auf dem Tisch verschränkten Armen. Was für ein blödes Schiff! Was für ein grässlicher zwölfter Geburtstag!

Vor Erschöpfung schlief sie fast ein. Und so dauerte es eine Weile, bis sie merkte, dass jemand sie antippte. Als sie aufschaute, sah sie in das Gesicht eines Jungen, der sie neugierig musterte. Er hatte braune Locken, sympathische Züge und war ein paar Jahre älter als sie.

»Hey, du brauchst keine Angst vor mir zu haben«, sagte er.

»Hab ich nicht«, antwortete Emily und setzte sich aufrecht hin.

»Ich wette, du bist ziemlich durcheinander. Du hast keine Ahnung, wo du bist, stimmt's?«

Emily nickte stumm.

»Ich kann's dir erklären«, fuhr der Junge fort und setzte sich neben sie auf die Bank. »Aber du wirst es mir leider nicht glauben.«

»Warum nicht?«

»Weil es ganz und gar unglaublich ist. Total abgefahren. Weil du nämlich …« Er fuhr sich mit der Hand durch die Haare. »Weil ich und du und auch Malik …« Wieder brach er ab und sah sich jetzt suchend um.

Da kam aus einer der schlecht beleuchteten Ecken des Essraums ein weiterer Junge auf sie zu. Er war deutlich jünger, vielleicht sieben, acht Jahre alt, und er grinste verlegen. Aus seinen großen schwarzen Augen schaute er sie prüfend an, während im Blick des Älteren eher Mitleid lag.

Emily saß plötzlich kerzengerade da. Irgendetwas schienen die beiden zu wissen, was sie nicht wusste. »Was soll das alles?«, fragte sie. »Was ist los auf diesem dämlichen Schiff? Ist das hier etwa so eine Sendung, wo sie mit versteckten Kameras die Leute hochnehmen?« Sie seufzte erleichtert. Klar, das war die Erklärung!

Der Junge mit den Locken schüttelte den Kopf. »Ich wünschte, es wäre so«, sagte er. »Übrigens, ich heiße Lorenzo. Das ist Malik.«

»Ich bin Emily«, erwiderte sie. »Und ich finde, jetzt könnte mal Schluss mit dem Blödsinn sein. Ich würde schrecklich gerne meine Kabine wiederfinden. Oder den *Queen's Room*. Und meinen Papa. Ich hab doch heute Geburtstag!« Richtig laut wurde sie jetzt.

»Tja, Emily … dann herzlichen Glückwunsch … Aber …«

Lorenzo trommelte nervös mit den Fingern auf der Tischplatte herum.

Malik, der immer noch neben ihnen stand, hielt es nicht mehr aus. »Aber deine Kabine gibt es nicht mehr. Meine auch nicht. Und auch nicht die von Lorenzo. Und dein Papa ist auch nicht da! Wir sind jetzt nämlich ganz woanders. Wir sind auf der *Imperator*. Das hier ist die vierte Klasse und da gibt es keine schönen Zweibettzimmer!« Immer aufgeregter haspelte er seine Sätze hervor. Emily konnte ihn kaum noch verstehen. »Und außerdem ist jetzt 1913! So, nun weißt du Bescheid!« Mit trotzigem Gesicht ließ er sich auf die Bank sinken.

Lorenzo zog ihn zu sich auf den Schoß und strich ihm über die stoppeligen schwarzen Haare. »Reg dich mal nicht so auf, Malik. Du machst ihr nur Angst.«

Emily schluckte. »Ich hab kein einziges Wort kapiert.«

»Klar, das ging uns auch so. Als ich Malik das erste Mal getroffen hab, hat er stundenlang geweint«, sagte Lorenzo.

»Gar nicht!«, protestierte der Kleine und kletterte von Lorenzos Knien. »Ich find's cool.« Er schob die Unterlippe vor.

Lorenzo lächelte ein bisschen gequält. »Wir sind im Jahr 1913, ob du's glaubst oder nicht.«

»Ist so.« Malik klang fast triumphierend.

Emilys Blicke wanderten zwischen den Jungs hin und her. Die beiden waren doch komplett gaga.

In diesem Moment waren Schritte zu hören, die näher kamen. »Schnell!« Lorenzo sprang auf und griff nach Emilys Hand. Malik war bereits losgeflitzt und wenige Sekunden später drückten sie sich zu dritt in eine enge Besenkammer in der Ecke des Speisesaals.

»Das ist einer der Stewards. Der geht gleich wieder. Er macht nur einen Kontrollgang«, raunte Lorenzo Emily ins Ohr. »Die ersten Male haben sie mich erwischt und die ganze Fahrt über ins Krankenzimmer eingesperrt. Geistesgestört, haben sie gesagt. Der Arzt hat mir ganz grässliche Spritzen gegeben.«

Sie lauschten auf die Schritte des Mannes, der jetzt durch den Raum zu gehen schien. Dann wurde es wieder still. Er hatte seine Inspektion wohl beendet. Als sie aus der Besenkammer schlüpften, war niemand mehr zu sehen und zu hören. Emily war völlig durcheinander. Hatte sie sich wirklich gerade mit zwei fremden Jungs in einer Besenkammer versteckt? Einem großen und einem kleinen, die behaupteten, sie würden im Jahr 1913 leben? »Was soll das Ganze?!« Fassungslos wollte sie sich wieder an den Tisch setzen. Doch die Jungs zogen sie mit sich.

»In den Frachtraum, da ist es am sichersten. Inzwischen kenne ich mich aus auf dem Schiff.« Das war die einzige Erklärung, die ihr Lorenzo gab, bevor sie die Treppen hinunter in den Bauch des Schiffes liefen.

Emily protestierte nicht. Sie war viel zu müde, erledigt und verwirrt, um auch nur Piep zu sagen. Sie raffte ihr schmutziges Geburtstagskleid und eilte hinter den beiden her, ohne noch einen einzigen klaren Gedanken zustande zu bringen. Aber es würde schon eine Erklärung für den ganzen Wahnsinn hier geben. Es gab doch immer eine Erklärung, oder?

4

Eine Stunde später wälzte sich Emily unruhig auf den Ledersitzen eines schwarz lackierten Oldtimers, der ihren Vater zu Begeisterungsstürmen hingerissen hätte.

Doch Emily hatte keinen bewundernden Blick für das Auto gehabt, zu dem Lorenzo und Malik sie geführt hatten. Sie hatte einfach nur schlafen wollen, um am nächsten Morgen in ihrer Kabine aufzuwachen und Papa von diesem verrückten Traum zu erzählen. Im Automobilfrachtraum des Schiffes waren die Jungs zielstrebig auf das breiteste Fahrzeug zugelaufen. Nebeneinander hatten sie auf der gepolsterten Vorderbank des alten Mercedes gesessen und Lorenzo hatte ihr erklärt, was passiert war. Das heißt, er hatte es versucht, aber es war ihm nicht gelungen. Wie um alles in der Welt sollte man auch glauben, dass man von einer Sekunde zur anderen mehr als hundert Jahre zurückgebeamt worden war? Zurück ins Jahr 1913, als es die *Queen Mary 2* noch nicht gegeben hatte, weshalb Emily auf einem anderen Passagierschiff gelandet war. Auf der *Imperator*, die ebenfalls auf dem Weg nach New York war … Nein und nochmals nein: Das war totaler Blödsinn!

»Ihr seid doch komplett durchgeknallt«, hatte sie gespottet, während gleichzeitig Panik in ihr aufgestiegen war. »Hört jetzt endlich auf damit!«

Lorenzo und Malik hatten sich geduldig angehört, wie sie geschimpft und geschrien hatte. Aber irgendwann war sie in Tränen ausgebrochen und hatte nur noch gezittert. Dankbar hatte sie sich in die Wolldecke eingewickelt, die Lorenzo ihr gegeben hatte, und war schließlich eingeschlafen.

Als sie aufwachte, brauchte sie ein paar Sekunden, um zu begreifen, wo sie war. Mit großen Augen schaute sie sich um. Jetzt erst fand sie Zeit, die schönen alten Autos zu betrachten, die links und rechts standen. Vielleicht wurde hier auf dem Schiff ein Film gedreht und sie war in die Kulisse geraten ... Sie wandte sich zur Rückbank. Hinter ihr lag der kleine Malik zusammengerollt auf den Polstern und schlief. Der Junge namens Lorenzo dagegen kam gerade mit einem Krug Wasser und einem halben Brot durch den Frachtraum auf das Auto zu. Er lächelte, als er sich neben sie auf den Fahrersitz schob. Sie teilten sich das Brot und unterhielten sich flüsternd.

»Emily, ich weiß genauso wenig wie du, wie das passieren konnte«, sagte Lorenzo bestimmt schon zum dritten Mal. »Aber es ist so! Wir sind hier auf einem Dampfschiff. Du bist doch selbst im Kesselraum gewesen und hast die Heizer gesehen, die armen Schweine. Glaubst du, so etwas gibt es auf der *Queen Mary*? Die hat einen Dieselmotor und Gasturbinen, aber doch nicht so antiquierte Kohleheizkessel.«

»Keine Ahnung«, meinte Emily kleinlaut. Als Papa ihr von den technischen Details ihres Kreuzfahrtschiffes erzählen wollte, hatte sie nicht zugehört. Aber dass diese Heizer wie aus einer anderen Zeit ausgesehen hatten, war ihr schon aufgefallen. Und überhaupt ... eigentlich hatte alles altmodisch gewirkt, was ihr seit gestern Nacht begegnet war. Nur Lorenzo in Baggy Pants und Sneakers und Malik in seinem Spiderman-T-Shirt nicht.

»Wir müssen uns andere Sachen besorgen, sonst fallen wir auf.« Lorenzo schien ihre Gedanken gelesen zu haben. Er schaute an ihrem langen Kleid hinunter. »Wenn das nicht so dreckig wäre, könntest du damit fast als Kind aus der Luxusklasse durchgehen, und die Schnürstiefel sind auch nicht schlecht«, sagte er. »Aber die Armbanduhr! Das geht gar nicht. Kinder haben 1913 keine Uhren. Nimm sie lieber ab.«

Emily hörte ihm mit offenem Mund zu. Wie selbstsicher dieser Lorenzo sich gab. Gerade so, als sei das ganz normal, was sie da erlebten – wenn sie es denn wirklich erlebten. Sie schüttelte stumm den Kopf. Nein, sie konnte beim besten Willen nicht an diese Zeitreise glauben.

Lorenzo stieß sie mit dem Ellenbogen an. »Wenn du willst, kannst du mitkommen. Ich will ein paar neue Klamotten besorgen«, sagte er. »Das heißt: alte.« Er grinste. »Malik schläft sicher bis in die Puppen. Ehe er aufwacht, sind wir zurück. Okay?«

»Okay.« Emily nickte. Nach kurzem Zögern nahm sie ihre Uhr ab und steckte sie in die Tasche ihres Kleids. Lorenzo zog sich die Sneakers aus und zupfte sich das T-Shirt aus der Hose, sodass es über den Reißverschluss hing. »Hier in der vierten Klasse laufen einige Leute barfuß«, sagte er.

»Im Winter? Die Ärmsten«, meinte Emily. Und dann guckte sie wieder ungläubig, als Lorenzo ihr erzählte, dass sie Ende August hatten, und zwar den sechsundzwanzigsten, wenn er sich nicht irrte. War es deshalb so viel wärmer gewesen, als sie oben an Deck aufgewacht war? Sie holte tief Luft. Mann, jetzt fing sie schon an, den Quatsch ernst zu nehmen.

Kurz darauf liefen sie durch einen weiteren Frachtraum und von dort in ein Treppenhaus, von dem ein Gang mit Kabinen abging. Es war noch so früh am Morgen, dass sie niemandem begegneten. »Das hier ist noch Armeleuteklasse«, sagte Lorenzo. »Aber ein Stockwerk höher trennt uns nur eine Wand von der Luxusklasse. Ich sage dir, die ist dreimal so groß wie die vierte Klasse, obwohl sie nur halb so viele Passagiere hat.«

»Wieso kennst du dich so gut aus?«, wollte Emily wissen. »Wenn du doch angeblich gar nicht hierher gehörst …«

Statt einer Antwort legte Lorenzo den Finger an die Lippen. »Wir müssen jetzt vorsichtig sein«, flüsterte er, nahm sie bei der Hand und führte sie eine schmale Treppe hoch. »Hier gibt es eine Tür zum Postamt für die Luxusklasse«, erklärte er ihr leise. »Der Mann, der da arbeitet, vergisst hin und wieder, sie abzuschließen.«

»Was wollen wir denn im Postamt?«, raunte Emily.

»Wirst du gleich sehen.«

Sie hatten Glück, die Tür war tatsächlich nicht verschlossen und sie kamen hinter einem kleinen Schalter aus dunkel poliertem Holz heraus. Neugierig sah sich Emily um. Ja, auch dieser Raum wirkte wie aus einem alten Film.

Lorenzo deutete auf das Bild eines streng aussehenden Mannes in Uniform. »Der Kaiser«, sagte er. Dann zog er sie weiter, bis sie zu einem Raum gelangten, der eine Wäscherei zu sein schien. Die Luft war feucht und roch nach frischer Wäsche. Die verschiedenen Maschinen sahen derart vorsintflutlich aus, dass Emily aus dem Staunen gar nicht mehr herauskam. In einer angrenzenden Kammer lagen in einem Regal ordentlich gestapelte Kleiderhaufen mit Nummernzetteln darauf. »Das wird nachher auf die Kabinen verteilt«, erklärte Lorenzo. Vorsichtig zog er aus einem der Stapel ein weißes Hemd und eine lange Hose hervor und aus einem weiteren ein Hemd und eine kurze Hose, beides deutlich kleiner. Das war bestimmt für Malik.

»Ich hoffe, dass die Wäscherin keinen Ärger bekommt«, sagte er. »Aber sieh mal, wie viele Sachen allein für eine einzige Kabine gewaschen wurden. Vielleicht merken sie gar nicht, dass was fehlt.« Er stupste Emily an. »Willst du dir auch was nehmen?«

Sie schüttelte den Kopf und ging zu einem Waschbecken, nahm einen Lappen und rieb sich die schlimmsten Flecken aus dem Kleid. Als sie sich umdrehte, hatte sich Lorenzo bereits Hemd und Hose angezogen. Er sah fast ein bisschen vornehm darin aus. Hastig stopfte er seine alten Sachen in einen Mülleimer. »Lass uns schnell zurückgehen, bevor hier das Leben erwacht«, sagte er. Und dann schlichen sie auf demselben Weg, auf dem sie gekommen waren, in den Autofrachtraum zurück.

Sie kamen gerade rechtzeitig, um Malik beim Aufwachen zuzuschauen. Glücklich verschlang er den Rest des Brotes und probierte seine neuen Sachen an. »Die ersten Male fand ich's doof«, sagte er. »Aber eigentlich sieht es ganz schön aus, oder?«

Plötzlich wurde Emily wütend. »Die ersten Male«, blaffte sie los. »Das hat Lorenzo gestern auch schon gesagt. Was soll das denn heißen?«

Malik kicherte. »Soll Lorenzo mal erklären.« Er stupste seinen großen Freund an. »Glaubt sie denn inzwischen, dass das nicht die *Queen Mary* ist und dass wir in die Vergangenheit geflutscht sind?«, fragte er.

»Frag sie doch selbst«, erwiderte Lorenzo.

Erwartungsvoll schauten die beiden sie an. Doch Emily konnte nur mit den Schultern zucken. Diese verrückte Geschichte war ihr ein einziges großes Rätsel. Nur, dass nichts mehr so war wie zu Beginn ihrer Reise, daran gab es keinen Zweifel.

5

Es kostete Lorenzo eine große Portion Willenskraft, dem fremden Mädchen seine Furcht nicht zu zeigen. Aber er war der Älteste, und solange er den Mut nicht verlor, würden auch die anderen nicht so leicht durchdrehen. Malik hatte eh ein besonderes Talent, den ganzen Mist hier zu vergessen. Wie ein Korken im Wasser ploppte er immer wieder an die Oberfläche und ließ sich treiben. Aber für diese Emily war alles neu und beängstigend. Er konnte nicht einschätzen, ob sie die Nerven behielt.

Auch wenn er äußerlich cool geblieben war, hatte es ihn im ersten Moment ziemlich erschreckt, dass noch jemand wie er und Malik aufgetaucht war, der aus der Zeit herausgefallen war und keine Ahnung hatte, was der Wahnsinn sollte. Je mehr sie waren, desto schwerer wurde es, nicht entdeckt zu werden. Und wenn Emily nun einen Riesenaufstand machte, weil sie zu ihrem Vater auf die *Queen Mary* zurückwollte, würden sie echte Probleme kriegen.

Niemand, absolut niemand auf diesem Kahn hier würde ihnen je glauben, dass sie aus der Zukunft kamen. Nein, sie durften sich nicht erwischen lassen. Eingesperrt ins Krankenzimmer und vollgepumpt mit Beruhigungsmitteln hätten sie nicht die geringste Chance, von hier wegzukommen. Und es blieben ihnen nur noch zwei Tage, bis die *Imperator* in Hoboken anlegte. Zwei Tage, bevor das Feuer ausbrechen würde. Keine achtundvierzig Stunden mehr, um herauszufinden, wie sie diesen Teufelskreis durchbrechen konnten. Er presste die Handballen auf die Lider, um die Bilder zu verscheuchen, die in ihm auftauchten.

»Und? Glaubst du uns nun oder nicht?«, hörte er Malik fragen.

Unwillkürlich hielt er die Luft an, während er auf Emilys Antwort wartete. Wenn sie sich weigerte, die Realität anzuerkennen, so absurd sie auch war, würde sie alles vermasseln. »Los, sag schon. Glaubst du uns?«, wiederholte er Maliks Frage.

Emily schaute von ihm zu Malik und wieder zu ihm. In ihren Augen spiegelten sich all ihre Gefühle. Verwirrung, Ratlosigkeit und hilflose Empörung. All das, was er auch empfand.

»Ich weiß es nicht«, antwortete sie.

Da begann er zu erzählen. Zuerst ganz locker, weil er nicht zugeben wollte, welch entsetzliche Angst er bei seiner ersten Zeitreise gehabt hatte. »Ich bin mitten in der Nacht aufgewacht, weil mir übel war, und als ich zur Toilette gehen wollte, wurde mir total schwindelig. Plötzlich war nichts mehr so wie vorher, absolut nichts. Unser Schiff war verschwunden und stattdessen war ich auf diesem Dampfer hier. Ich hab gedacht, ich spinne! Oder dass mir der Koch irgendwelche Drogen ins Abendessen gekippt hat. 1913! Mann, was für ein Abenteuer! So was wollte ich schon immer mal erleben.« Er lachte.

Doch dann wurde er mit jedem Satz ehrlicher. Er schaffte es nicht mehr, seine Verzweiflung zu verbergen. »Es sind immer nur wenige Tage und dann geht alles wieder von vorne los. Immer wieder die gleichen Tage, immer wieder lande ich hier auf der *Imperator*, zum vierten Mal jetzt schon! Immer wieder liege ich da oben an Deck in meinen alten Klamotten.« Lauter und lauter wurde er. »Wie in diesem Murmeltierfilm. Wie ein kompletter Idiot, über den sich irgendwer lustig macht. Wie ein Gefangener!« Er ballte die Fäuste.

Malik strich ihm über den Arm. »Ach, Lorenzo ... nicht traurig sein.«

Mutlos senkte Lorenzo den Kopf. »Ich hab keine Ahnung, wie wir da wieder rauskommen sollen. Ich weiß es einfach nicht«, flüsterte er mit einer Stimme, die auf einmal dünn und brüchig war. Als er wieder aufschaute, sah er, dass sich Emilys Blick verändert hatte. Er wusste, was ihr durch den Kopf ging: ein großer, selbstbewusster Junge, der mit den Tränen kämpfte ... Ja, seine Angst war es, die sie schließlich überzeugte. Solange er so cool getan hatte, war ihr Misstrauen groß gewesen. Doch nun hatte sie endlich begriffen, dass er die Wahrheit sagte. Wortlos starrte sie ihn an.

Malik versuchte, ihn zu trösten. »Jetzt sind wir doch schon zu dritt«, meinte er. »Diesmal schaffen wir es bestimmt.«

»Hast du das wirklich auch schon mehrmals erlebt?«, fragte Emily ihn fassungslos. »Wie oft denn?«

»Weiß nicht.« Malik zuckte die Schultern und guckte düster. »Ich bin schon ganz durcheinander. Immer wenn man denkt, jetzt kommen wir in Amerika an, dann ist man wieder auf diesem ollen Schiff! Ich will endlich nach Hause.« Und nun standen auch in Maliks Augen Tränen.

6

In diesem Moment waren Stimmen zu hören. Stimmen, die schnell näher kamen. Es war zu spät, um aus dem Auto zu flüchten. »Runter«, flüsterte Lorenzo und rutschte von der Rückbank, wo sie alle drei saßen, in den Fußraum. Auch Malik ließ sich auf den Boden fallen. Doch Emily schaffte es nur noch, sich unter der Wolldecke zu verkriechen.

»Der Holbrook Landaulet Mercedes, ein ganz vortrefflicher Vierzylinder. Für mich der Beste aus dem Hause Daimler. Hat mich ein kleines Vermögen gekostet.« Der Autobesitzer schien direkt neben ihnen stehen geblieben zu sein. Hoffentlich schaute er nicht in das Auto! Emily kniff instinktiv die Augen zusammen.

»Sieht solide aus«, sagte ein anderer, deutlich älter klingender Mann. Und dann war ein Klopfen auf der Motorhaube zu hören.

»Nein, nein, nicht der hier«, erwiderte der Erste. »Es ist der Wagen dort hinten. Meine Gattin hat auf Rot bestanden.«

»Gnädige Frau, Sie haben Geschmack.«

Eine Frau lachte ein bisschen geziert auf. »Oh, vielen Dank, Herr Generaldirektor.«

Die Leute gingen weiter, ihre Stimmen wurden leiser. »Sie

müssen den Motor studieren«, sagte jetzt der Jüngere, gefolgt von einem mürrischen Stöhnen.

»Still, Erna«, zischte die Frau. »Stör deinen Vater nicht. Pass lieber gut auf, wenn er dem Herrn Generaldirektor die Technik erklärt. So ein Automobil ist ein wahres Wunderwerk.«

»Aber ich kenne das schon auswendig.« Das war die trotzige Stimme eines Mädchens. »Ich würde lieber ...«

»Sei jetzt still, Erna.«

Ein unverständliches Murren war zu hören. Neugierig wagte sich Emily unter der Decke hervor und lugte durchs offene Fenster. Die Leute standen am anderen Ende des Frachtraums neben einem rot glänzenden Oldtimer. Die beiden Männer beugten sich über die aufgeklappte Motorhaube und die ziemlich vornehm gekleidete Frau stand einen halben Meter daneben mit einem Kind an der Hand. Das Mädchen trug ein knielanges blaues Matrosenkleid und Schnürstiefel. Die rötlich blonden Haare waren an der Seite hochgesteckt und wurden mit einer Schleife gehalten. Sie trippelte von einem Fuß auf den anderen.

Lorenzo zupfte Emily am Arm. »Lass den Kopf unten!«

»Aber die sehen ganz okay aus«, flüsterte sie. »Vielleicht können sie uns helfen.«

»Pfff, die helfen uns nicht. Die halten uns für total verrückt. Die sperren uns ein.« Lorenzo klang bitter. »Sei vorsichtig, Emily.«

Doch seine Warnung kam zu spät. Denn ehe sich Emily ducken konnte, hatte sich das Mädchen vom Wagen weggedreht und ihre Blicke trafen sich. Es war sinnlos, noch abzutauchen. Die hellen Augen des Mädchens blitzten, ihre Wimpern flatterten. Sie hatte sie entdeckt. Jetzt löste sie sich von der Hand ihrer

Mutter, blieb aber stehen. Emily legte einen Finger auf die Lippen und betete, dass das Mädchen sie nicht verriet. Lorenzo hatte sicher recht: Kein Mensch, der noch alle Tassen im Schrank hatte, würde auch nur eine Sekunde darüber nachdenken, ihnen ins Jahr 2020 zu verhelfen.

»Mamá«, sagte das Mädchen, wobei es das Wort auf der letzten Silbe betonte. »Mamá, ich sehe mir mal ein paar der hübschen Automobile an, ja?«

Die Mutter nickte und das Mädchen steuerte ohne Umweg auf den Wagen zu, in dem sie sich versteckten. Und da schaute auch schon ihr blasses sommersprossiges Gesicht mit den rötlichen Wimpern und Augenbrauen zum Fenster herein.

»Verrate uns nicht«, wisperte Emily.

»Wir haben nichts Böses gemacht«, flüsterte Malik aus dem Fußraum.

Das Mädchen riss die Augen auf, als sie die beiden Jungen entdeckte. Einen Moment sagte sie nichts. Sie knabberte nur auf ihrer Unterlippe herum und runzelte die Stirn. »Spielt ihr Verstecken? Kann ich mitspielen?«, fragte sie schließlich.

Emily wusste nicht, was sie antworten sollte. Außer der Wahrheit fiel ihr nichts ein. »Nein«, sagte sie leise. »Wir spielen nicht. Wir verstecken uns, weil uns niemand sehen soll.«

Wieder vergingen ein paar Sekunden, in denen die Rothaarige unschlüssig nachzudenken schien. »Ihr seid aus der vierten Klasse, stimmt's? Wenn die euch hier erwischen, bekommt ihr richtig Ärger.« Sie nickte wissend.

»Bitte sag nichts!«, flehte nun auch Lorenzo.

»Erna.« Die Mutter drehte sich kurz um. »Mit wem redest du denn da?« Ohne die Antwort abzuwarten, wandte sie sich auch schon wieder den beiden Männern zu, die immer noch über den Motor fachsimpelten.

»Mit mir selbst, Mamá!«, rief Erna. »Weil ich mich so mopse vor Langeweile.« Immer noch betrachtete sie mit undurchschaubarer Miene die drei Kinder in dem Mercedes. Doch dann ging ein Grinsen über ihr Gesicht. »Ach so! Ihr seid blinde Passagiere!« Fast bewundernd klang das.

Jetzt lächelte auch Emily und ein Stein plumpste ihr vom Herzen. Das Mädchen würde sie nicht verraten.

»Blinde Passagiere wirft man über Bord, wenn man sie entdeckt«, flüsterte das Mädchen. »Das ist grauslich!« Sie zwirbelte eine ihrer langen Locken zwischen den Fingern.

»W-w-wirklich?«, stotterte Malik.

Doch noch bevor ihm jemand antworten konnte, kamen die beiden Männer und die Frau auf den Wagen zu. »Nun komm, Erna. Es ist Zeit für den Lunch. Der Herr Generaldirektor wird freundlicherweise mit uns speisen.«

»Na, famos«, stöhnte das Mädchen und rollte mit den Augen. Sie zwinkerte ihnen zu und lief ihren Eltern entgegen. Es wurde wieder ruhig im Frachtraum und die drei ließen sich erschöpft in die Polster der Rückbank sinken. Das war gerade noch mal gut gegangen.

Lorenzo bemühte sich, dem verängstigten Malik zu versichern, dass man auch im Jahr 1913 Menschen nicht einfach über Bord warf. Aber Malik guckte immer noch erschrocken. »Dann sollen sie mich lieber für verrückt halten und einsperren«, jammerte er. »Ich hab ja noch nicht mal das Seepferdchen.«

»Gibt es denn kein besseres Versteck?«, fragte Emily. »Ihr habt euch doch bestimmt schon alles angeschaut.«

»Beim ersten Mal hab ich mich im Frachtraum für Obst und Gemüse versteckt. Da wäre ich fast erfroren. Ich war froh, als mir der Autofrachtraum eingefallen ist. Im *Titanic*-Film gibt es doch auch so einen, weißt du? In dieser Liebesszene.«

»Hab ich mir nicht angeschaut. Sonst hätte ich mich vielleicht nicht auf dieses Schiff getraut.«

»Ist gar nicht dieses. Du meinst die *Queen Mary*.« Malik lächelte schon wieder.

»Nachts ist es hier unten prima. Aber tagsüber ist es schwer, etwas zu finden, wo man nicht auffällt«, fuhr Lorenzo fort. »Wir könnten nach draußen an Deck der vierten Klasse gehen. Aber du glaubst nicht, wie misstrauisch die Leute kucken. Irgendwie riechen die, dass wir anders sind.« Er dachte nach. »Jedenfalls immer noch besser, als bei den Autos erwischt zu werden. Also lasst uns an Deck gehen.«

Sie waren kaum aus dem Mercedes geklettert, als wieder Schritte zu hören waren. Trappelnde, eilige Schritte. Es war das Mädchen. Es kam so schnell zurück, dass Verstecken zwecklos war.

»Mamá hat ihre Handschuhe vergessen«, sagte sie, lief an ihnen vorbei zu dem roten Auto und wedelte kurz darauf mit einem Paar feiner Lederhandschuhe vor ihren Nasen herum. Neugierig schaute sie von einem zum anderen. »Du hast ein formidables Kleid an«, sagte sie zu Emily und strich leicht über den schwarzen Baumwollstoff. »Und wo habt ihr die Schuhe machen lassen? London? Die sind fesch.«

»Danke«, antwortete Emily verwirrt.

»Ich heiße Erna«, stellte sich das Mädchen vor, während sie den dreien die Hand gab. »Meine Eltern bringen mich nach

New York zu meinen Großeltern. Sie sagen, es ist dort sicherer für mich. Ich bleibe da ganz allein, aber wahrscheinlich kommt meine Gouvernante nach, Miss Graham.«

»Ach so«, sagte Emily. Mehr fiel ihr nicht ein.

Lorenzo dagegen war geübter darin, eine ausgedachte Geschichte zu servieren. »Ich bin Lorenzo«, antwortete er. »Und das sind mein kleiner Bruder Malik und meine Schwester Emily. Unsere Eltern wollten uns auch zu Verwandten schicken. Aber sie hatten nur Geld für Maliks Fahrt. Und weil er auf keinen Fall ohne uns gehen will, sind wir weggelaufen und fahren jetzt als blinde Passagiere.«

»Oh, das ist aber mutig von euch!« Erna staunte. »So ganz allein.«

»Ja, ganz allein!«, rief Malik und er klang fast ein wenig stolz.

Das Mädchen namens Erna nickte mit ernster Miene. »Alles wegen des vermaledeiten Krieges, oder? Dabei kommt der wahrscheinlich gar nicht, sagt Miss Graham. Ich will nicht weg aus Lübeck!«

»Doch, der kommt leider.« Lorenzo zog die Augenbrauen zusammen. »Es ist gut, dass du nicht in Deutschland bleibst.«

»Echt? Krieg?« Malik guckte von Lorenzo zu Emily.

»Ja, das stimmt. Der Erste Weltkrieg. Davon hab ich auch schon gehört.« Emily nickte, auch wenn sie nicht genau wusste, von wann bis wann dieser Krieg gegangen war.

Erna schaute sie verwundert an und Emily biss sich auf die Lippe. Das war natürlich eine blöde Bemerkung, wenn man sich im Jahr 1913 befand. »Ihr habt ein schönes Auto«, sagte sie, um Erna abzulenken.

Jetzt rümpfte Erna die Nase. »Der Wagen ist Papás Steckenpferd«, meinte sie, wobei sie auch das Wort Papa auf der letzten Silbe betonte. »Weil er mit Mamá noch eine Tour durch die neuenglischen Staaten machen will, nehmen wir das Automobil mit.«

»Das ist bestimmt schweineteuer, oder?«, fragte Malik.

»Teuer? Mag sein«, antwortete Erna. »Mich fuchst es, dass er den ganzen Tag über nichts anderes redet. Jedem muss er stundenlang sein Automobil erklären.« Sie schaute sich um. »Ihr solltet euch lieber woanders verstecken, sonst sieht er euch noch.«

»Aber wo?«

Erna rieb sich ihre Sommersprossennase. »Also … also, ich hätte eine Idee. Das könnte klappen.«

»Ja?!« Alle drei schauten sie das Mädchen erwartungsvoll an.

»Ich muss jetzt in den Speisesaal. Mamá und Papá warten auf mich. Und nach dem Lunch will Papá dem langweiligen Herrn Generaldirektor noch die Automobilschaltung zeigen. Da solltet ihr lieber nicht hier sein.« Sie senkte ihre Stimme verschwörerisch. »Aber nach dem Fünf-Uhr-Tee, da machen die Eltern immer ein Schläfchen. Dann hole ich euch hier ab. Ich gebe euch ein Klopfzeichen, damit ihr wisst, dass ich es bin.« Sie winkte den dreien zu, rief: »Adieu, bis später!«, und schon sauste sie davon.

»Tschüss«, murmelte Emily. Sie war immer noch verwirrt durch diese Erna. Merkwürdig war die … Allein, wie sie immer so affig Mamá und Papá sagte. Aber vielleicht war es das, was Lorenzo meinte: Man merkt eben, wenn jemand aus einem anderen Jahrhundert stammt.

7

Auf dem Weg zum Deck der vierten Klasse kamen sie an dem Speisesaal vorbei, den Emily schon am Morgen gesehen hatte. Als ihr der Essensduft in die Nase wehte, knurrte ihr der Magen. Sie warf einen begehrlichen Blick in den Raum hinein zu den Holztischen, an denen die Menschen dicht nebeneinandersaßen und Suppe löffelten.

Doch Lorenzo schüttelte den Kopf. »Malik kann sich unbemerkt zwischen die Leute schummeln«, sagte er. »Der ist so klein, dass er nicht auffällt.« Er grinste. »Und sein Hemd hat er tatsächlich schon mit irgendwas eingesaut, sodass er nicht mehr so schick aussieht. Aber wir beide sollten uns lieber irgendwo an Deck in eine Ecke setzen, wo wir nicht im Weg sind.«

»Ich bring euch Brot mit«, versprach Malik. »Und manchmal gibt es auch rohe Möhren oder Kohlrabi.« Und schon drückte er sich zu einer Familie mit mindestens fünf Kindern auf die Bank, während Emily und Lorenzo sich zwischen den Menschen, die in den Saal wollten, nach draußen drängelten.

Oben an Deck war es ziemlich voll. Die Leute saßen auf Holzbänken oder direkt auf dem Fußboden mit kleinen Kindern zwischen den Beinen. Obwohl die Sonne schien, hatten viele Frauen lange dunkle Kleider an und warme Tücher um die Schultern. Die Männer trugen abgewetzte Anzüge und fast alle hatten Schiebermützen oder schwarze runde Hüte auf dem Kopf. Ein paar Jungs in Kniebundhosen rannten herum und spielten Fangen. Die unterschiedlichsten Sprachen vermischten sich miteinander. War das Polnisch? Oder Russisch? Auf jeden Fall nicht Englisch oder Französisch, das hätte Emily erkannt.

Sie setzten sich nahe dem vorderen Ladekran in einer Ecke auf den Boden und Emily betrachtete stumm das Gewusel vor ihrer Nase. Wie konnte es nur sein, dass sie inmitten lauter Menschen hockte, die im Jahr 1913 lebten? Unauffällig streckte sie die Hand aus, um eines der Babys zu berühren, das in einem Korb neben seiner Mutter lag. Die Haut war warm und weich und das Baby sah sie aus großen Augen an. Oh Mann, dieses Kind lebte sicher gar nicht mehr …

»Das kleine Mädchen hat Glück«, sagte Lorenzo. »In Amerika muss es weder den Ersten noch den Zweiten Weltkrieg mitmachen. Und siehst du, dass der Vater solch lange Locken an den Schläfen hat? Es sind Juden. Wären sie in Europa geblieben, würde es ihnen richtig schlecht ergehen, wenn die Nazis an die Macht kommen.«

Nachdenklich betrachtete Emily die Menschen an Deck. Lorenzo hatte ihr erzählt, dass hier in der vierten Klasse nur Auswanderer unterwegs waren. Die meisten waren arme Leute, die in Amerika auf ein besseres Leben hofften. »Es sind vor allem Männer«, hatte er gesagt. »Sie versuchen, einen guten Job zu finden, irgendwo in einer Fabrik. Viele wollen dann ihre Familie nachholen. Und manche haben auch schon Verwandte in

Übersee, die ihnen geschrieben haben, dass das Leben in den USA so viel leichter ist als in Europa. Einer hat mir erzählt, dass er in Kleindeutschland eine Bäckerei aufmachen will. *Little Germany*. Das liegt in Manhattan.«

»Kleindeutschland? Hab ich noch nie was von gehört«, meinte Emily. »Gibt's das immer noch in New York?«

»Weiß nicht. Ich will zu meinem Onkel Sam nach New York, der wohnt da. Er hat mir nur von *Little Italy* und *Chinatown* erzählt.« Lorenzo versank in düsteres Brüten.

Auch Emily wurde das Herz eng inmitten all der Menschen, die so ganz anders waren als sie. Ob sie jemals wieder in ihr normales Leben zurückfand? »Warst du eigentlich auch auf der *Queen Mary*, bevor du hier gelandet bist?«, fragte sie schließlich.

»Ich war auf dem Containerschiff, wo Sam Kapitän ist. Das war richtig cool. Er hat mir zum Geburtstag geschenkt, dass ich mit ihm mitfahren durfte.« Wieder machte Lorenzo ein finsteres Gesicht. »Dieser Wahnsinn ging kurz vor meinem Geburtstag los, genau wie bei dir. Und Malik hätte auch am nächsten Tag Geburtstag gehabt ... Wenn ich doch nur rauskriegen könnte, was das alles soll!«

Die verschwundenen Geburtstagskinder ... wie unheimlich! Emily lief ein Schauer über den Rücken.

Jetzt kam Malik auf sie zugestürmt, in seinem Schlepptau ein Junge, der nicht viel älter war als er. Sein Gesicht war rot vor Sonnenbrand und die Nase schälte sich schon. Er trug kurze, am Hintern geflickte Hosen und hatte eine von diesen ulkigen Schirmmützen auf dem Kopf.

»Das ist Willi«, sagte Malik, während sich die beiden zu ihnen auf den Boden setzten und ein paar schrumpelige Möhren aus ihren Hosentaschen kramten.

Willi hielt ihnen auch noch ein Stück Graubrot hin. »Hamwa für euch jestibitzt«, sagte er. »Blinde Passagiere, wa?«, flüsterte er ehrfurchtsvoll. »Dufte!«

»Und nicht nur das«, raunte Malik mit Verschwörerstimme. »Wir sind aus dem Jahr 2016!« Triumphierend schaute er Willi ins Gesicht, um zu sehen, wie der die Neuigkeit aufnahm.

»Wat? Wat seid ihr?« Willi pustete erstaunt die Backen auf.

Auch Emily guckte Malik irritiert an. 2016? Dann war Malik also in einem anderen Jahr als sie verschwunden. Vier Jahre vor ihr!

Lorenzo stieß Malik warnend den Ellenbogen in die Seite, doch Malik war nicht zu bremsen. Der ganze Kummer, der ihn immer wieder packte, hatte sich in irgendeiner Ecke seiner Seele versteckt. Im Moment war er nur stolz auf seine tolle Geschichte. »Wir machen eine Zeitreise, weißt du? Eigentlich haben wir gerade 2016, und zwar Winter. Wir wissen auch nicht wieso, aber zack! waren wir auf einmal hier auf der *Imperator*, obwohl die längst verschrottet ist, sagt Lorenzo. Emily ist neu, aber Lorenzo und ich, wir sind hier schon mehrmals gelandet«, plapperte er fröhlich.

»*Dem Imperator*«, warf Willi ein. »Det heißt *der Imperator*, obwohl's 'n Schiff is. Det wollte unser Kaiser Willem so.«

»Ein echter Kaiser? Mit Krone und Thron und allem?« Jetzt war Malik beeindruckt. »Gibt's auch noch Ritter?«

Emily beneidete ihn darum, dass er noch so klein war, um einfach in dieses Abenteuer eintauchen zu können. Lorenzo dagegen war richtig sauer. »Mensch, Malik«, schimpfte er. »Kannst du nicht deine Klappe halten?«

Doch Willi war nur noch neugieriger geworden. »Nu lass ihn doch ma erzählen«, brummte er Lorenzo an.

So kam es, dass Emily zum ersten Mal Maliks Geschichte hörte. Auch Malik war auf der *Queen Mary 2* unterwegs gewesen, genau vier Jahre vor ihr. Seine Mutter hatte die Reise bei einem Radioquiz gewonnen und Malik hatte sich wahnsinnig gefreut, dass sie von allen vier Geschwistern ausgerechnet ihn mitgenommen hatte. »Weil ich der Beste in der Schule bin«, sagte er und klopfte sich dabei auf die Brust. »Ich hab zehn Tage frei gekriegt, was die sonst nie machen, und mein Vater hat extra Urlaub genommen, weil sich ja jemand um die anderen kümmern muss. Boah, waren meine Brüder neidisch! Und was die wohl erst sagen, wenn die hören, dass ich eine Zeitreise gemacht hab!« Malik redete wie ein Wasserfall.

Willi riss die Augen auf, als hätte er ein Gespenst gesehen. Aber er schien keinen Moment an der Geschichte zu zweifeln. »Ick gloobe, ick spinne«, sagte er. »2016! Wennste zurückjehst, nimmste mir mit, Malik?«, fragte er.

»Klar, wenn das geht«, versprach der großzügig.

Lorenzo stoppte ihn. »Mach mal einen Punkt«, sagte er. »Erst mal müssen wir ja wohl wissen, warum wir hier sind, oder? Bevor wir das nicht rausbekommen haben, finden wir keinen Weg zurück. Da bin ich mir inzwischen ziemlich sicher.«

»Ick helf euch«, versicherte Willi und nickte mit geradezu feierlicher Miene. »Versprochen.«

Jetzt musste Lorenzo lachen. »Na, endlich mal jemand, der

uns nicht für verrückt hält. Wenn du uns hilfst, Willi, dann wird das sicher ein Kinderspiel.«

Willi löcherte sie mit Fragen und Malik plapperte drauflos. Ohne auf Lorenzos vorwurfsvolle Blicke zu achten, gab er damit an, was es alles an tollen Sachen im Jahr 2016 gab. Und natürlich glaubte Willi ihm kein Wort. Einen Fernseher konnte er sich ja gerade noch vorstellen – immerhin hatte er sich schon mal in einen echten Kintopp geschlichen, wo sie bewegte Bilder gezeigt hatten. Aber in solch einem Fernseher konnte man zu Hause auf dem Sofa ein Fußballspiel angucken, was genau im selben Moment in Brasilien stattfand?! Nicht wirklich, oder? Und einen Computer? Ein Wunderding, in dem das ganze Wissen der Welt gespeichert war?! Und dann noch diese Handys ... So eine Art Zauberkästchen, die anscheinend alles konnten, außer einem das Frühstück ans Bett zu bringen? Ha, ha, ha!

»Nee, ick lass mir doch nich für dumm vakoofen«, sagte Willi schließlich und stand auf. Er zeigte ihnen einen Vogel und schon hüpfte er davon. Nach wenigen Sekunden war er im Gewühl der Menschen verschwunden. Malik schaute ihm enttäuscht hinterher.

»Was quasselst du ihn auch voll«, schimpfte Lorenzo. »Wenn er uns nun verpfeift, landen wir ganz schnell wieder in der Gummizelle.«

»Der verpfeift uns nicht«, versuchte Emily ihn zu beruhigen. »Der weiß doch genau, dass man ihn nur auslachen würde. Aber schade, dass er weg ist. Ich hätte ihn gerne gefragt, wie das Leben so ist im Jahr 1913.« Ihr Blick fiel auf einen kleinen, ziemlich zerlumpt aussehenden Jungen, der im selben Moment losschrie, weil ihm seine Mutter eine Ohrfeige gab. Das Herz zog sich ihr zusammen. Warum tat die Mutter denn so was?! Obwohl Emily auf der *Queen Mary* keinen einzigen Moment Heimweh gehabt hatte, vermisste sie ihr Zuhause auf einmal schrecklich. Ihre Mutter und ihren Vater und ihr Kinderzimmer in Hamburg und ihr ganzes vertrautes Leben.

Sie packte Lorenzo beim Arm. »Wenn wir in New York ankommen, Lorenzo, dann kommen wir doch runter von dem Schiff. Dann könnten wir vielleicht zur Botschaft gehen! Mein Papa hat gesagt, falls ich mich mal verlaufe und nicht mehr weiterweiß, dann soll ich zur deutschen Botschaft gehen. Die helfen einem, wenn man ein Problem hat, und ...« Sie brach ab. Lorenzo guckte so düster und unglücklich, dass ihr klar wurde, wie unsinnig ihr Vorschlag war.

»Wir kommen nicht von dem Schiff runter, wenn wir in New York sind«, sagte er mit Grabesstimme.

»Nein? Aber warum nicht?« Emily schaute von Lorenzo zu Malik, der plötzlich ganz blass geworden war.

»Nee, kommen wir nicht ...«, wiederholte Malik Lorenzos Worte.

»Was passiert denn dann? Nun sagt schon.«

Lorenzo brauchte ein paar Sekunden für seine Antwort. »Dann bricht ein Feuer aus ... und Panik ... alle schreien und rennen ... Es ist furchtbar, Emily, weil es nicht alle von Bord schaffen ...«

»Und dann?«

Lorenzo zuckte hilflos mit den Schultern. »Dann geht alles wieder von vorne los.«

8

Bis es Zeit war, das Mädchen Erna im Frachtraum zu treffen, rührten sie sich nicht aus ihrer Ecke auf dem Vierte-Klasse-Deck. Still saß Emily da und betrachtete die Szenerie um sie herum. So viele unterschiedliche Leute waren mit diesem Schiff unterwegs, so viele verschiedene Sprachen schwirrten übers Deck! Die Kinder schien es nicht zu stören, dass sie einander nicht verstanden. Sie hatten mit Kreide Quadrate auf den Boden gemalt und spielten ein Hüpfspiel. Auch Malik war nicht zu halten gewesen und sprang mit Begeisterung zwischen den anderen herum.

»Hoffentlich gibt er vor denen nicht wieder mit seinen Computerspielen an«, stöhnte Lorenzo.

Emily lachte. »Die meisten, mit denen er da spielt, sprechen so ein komisches Deutsch, da kann er ihnen sonst was erzählen«, meinte sie.

»Ich glaube, das ist Jiddisch«, sagte Lorenzo. »Mein Onkel Sam spricht das auch mit seiner Mutter.«

»Ich dachte, er ist Amerikaner.«

»Klar, New Yorker, aber auch Jude. Und Kapitän. Und außerdem ist er supercool.« Lorenzo seufzte. Er verriet ihr, dass Sam so lange auf seine Eltern eingeredet hatte, bis die ihm erlaubt hatten, eine ganze Woche lang die Schule zu schwänzen. »Schließlich ist es eine Ausnahme, dass er die Strecke Hamburg – New York fährt«, sagte er. Er ballte die Faust. »Mann, und jetzt komme ich trotzdem nicht nach New York!« Er stand abrupt auf. »Mir wird kalt hier oben«, sagte er. »Wir können allmählich mal zu unserem Auto gehen.« Er winkte Malik zu, der bester Laune herbeigelaufen kam.

Kurz darauf waren sie unterwegs in den Bauch des Schiffes, wo sie in den Autofrachtraum gelangten, ohne dass sie von irgendjemandem aufgehalten wurden. Kaum hatten sie es sich in dem alten Mercedes bequem gemacht, als sie ein Klopfen an der Metalltür des Frachtraums hörten.

»Tätärätä!« Erna sprang auf den Wagen zu. Sie strahlte über das ganze Gesicht. »Da bin ich!«, rief sie. »Kommt mit! Ich habe eine Kabine für euch. Dort findet euch niemand.«

Sie nahm Emily bei der Hand und dann huschten sie zu viert über verschiedene Treppen und Gänge, bis sie in der zweiten Klasse waren. Erna zog einen Schlüssel aus ihrem Umhängetäschchen, schloss eine der Türen auf und schob ihre neuen Freunde in die Kabine. »Tätärätä!«, machte sie wieder und sah die anderen erwartungsvoll an. »Es ist nicht Luxusklasse«, meinte sie. »Aber trotzdem kommod, oder?«

Sie standen in einem Raum mit einem hölzernen Doppelstockbett, einem verschnörkelten Spiegelschrank und einem Sofa. Alles sehr hübsch und altmodisch.

»Und wer wohnt hier?«, fragte Lorenzo misstrauisch.

»Niemand. Nur ihr.« Erna erklärte ihnen, dass dies eigentlich die Kabine ihrer Gouvernante Miss Graham hätte sein sollen. Aber da diese kurz vor der Abfahrt eine Lungenentzündung bekommen hatte, stand der Raum nun leer und wurde weder benutzt noch sauber gemacht, noch kam sonst irgendjemand hierher. Stolz wirbelte sie den Türschlüssel um ihren Zeigefinger. »Mamá und Papá wissen nicht einmal, wo diese Kabine überhaupt ist. Die waren noch nie in der zweiten Klasse«, sagte sie grinsend. »Und den Schlüssel vermissen sie bestimmt nicht.«

Neugierig schauten sich die drei in der Kabine um, bis Malik sich aufs Bett setzte und mit einem Stapel Karten in der Luft herumfuchtelte. »Spielt ihr mit?«, fragte er die anderen. »UNO. Die hatte ich in meiner Hosentasche. Die sind noch von der *Queen Mary*.«

Erna guckte Malik überrascht an. »Du hast Karten von der englischen Königin?«, fragte sie. »Deshalb sehen die so ganz anders aus als unsere. Sag bloß, du warst bei Hofe. Miss Graham würde platzen vor Neid. Sie erzählt immer davon, dass sie in London einmal King George in einer Kutsche hat vorbeifahren sehen.«

»Ach was, die Karten hat mir meine Tante geschenkt«, erklärte Malik jetzt rasch, weil er Lorenzos warnenden Blick mitbekommen hatte.

Während Emily und Malik Erna UNO beibrachten, ging Lorenzo unruhig in der Kabine umher. »Ich kapier nicht, dass ihr hier gemütlich Karten spielen könnt«, sagte er. »Und außerdem sterbe ich demnächst vor Hunger. Bis auf etwas trockenes Brot und eine Mohrrübe habe ich seit gestern nichts gegessen.«

Erna schlug sich mit der Hand gegen die Stirn. »Erna Althoff, du Dumme!«, schalt sie sich selbst. »Blinde Passagiere haben doch immer Hunger!« Sie schaute auf die vergoldete Uhr an der Wand. »Ich muss jetzt eh zum Dinner.« Sie sprang vom Bett auf. »Ich bringe euch was mit, wenn ich mit dem Essen fertig bin.«

Emily beschloss, das kleine Waschbecken zu benutzen. War das schön, sich den klebrigen Kohlenstaub aus den Haaren waschen zu können! Sie fühlte sich gleich viel besser, auch wenn ihr genauso wie Lorenzo der Magen knurrte.

Als sie mit dem Kopf wieder aus dem Waschbecken auftauchte, war die Kabine leer. Nur ein Zettel lag auf der Kommode. »Malik ist abgehauen. Ich suche ihn. Bleib auf jeden Fall hier, bis ich wieder da bin.«

Besorgt öffnete Emily die Tür und schaute vorsichtig auf den Gang. Wieso war Malik abgehauen? Hatten sich die beiden gestritten? Doch noch bevor sie lange grübeln konnte, stieg ihr ein wunderbarer Duft in die Nase. Und da kam auch schon Erna mit einem Rollwägelchen um die Ecke. Freudestrahlend schob sie den Wagen an Emily vorbei in die Kabine. »Kein Mensch hat mich gesehen«, flüsterte sie.

»Sieh mal, Fasan!« Stolz hob sie den Deckel von einer der Schüsseln. »Und Rotkohl mit Kartoffelkroketten. Ich hoffe, du magst Rotkohl. Iss mal, bevor es kalt wird. Zum Nachtisch gibt's Schokoladenparfait.«

Emily füllte sich auf, während Erna ihr erklärte, was für ein Glück sie gehabt hatte. Ihre Mamá war nämlich nicht zum Dinner erschienen, weil sie unpässlich war, was manchmal vorkam. Und Erna hatte listigerweise vorgeschlagen, ihr das Abendessen in die Kabine bringen zu lassen. Der Kellner hatte alles auf einen Rollwagen gestellt und nichts dagegen gehabt, als Erna anbot, ihrer Mutter das Abendessen persönlich zu servieren.

»Papá war froh, mit dem Herrn Generaaaaldirektor alleine speisen zu können«, kicherte Erna mit den Augen rollend. »Natürlich hat Mamá keinen Bissen angerührt. War doch klar. Und so könnt ihr das nun verputzen.« Sie sah sich um. »Wo sind denn eigentlich deine Brüder?«

»Meine Brüder?« Emily zog die Augenbrauen zusammen. Ach so! Lorenzo und Malik ... die hatte sie ja völlig vergessen. Erschrocken ließ sie die Gabel sinken. Hoffentlich hatte sie jetzt nicht zu viel gegessen.

»Es ist immer noch mehr als genug da«, versicherte ihr Erna. »Der Kellner hat wohl geglaubt, Mamá wäre ein Vielfraß.«

Emily musste über ihre witzige Art lachen. Es war schön, dass Erna da war. Aber war es nicht sinnlos, sich mit ihr anzufreunden, wo sie in zwei verschiedenen Jahrhunderten lebten? Zumindest musste sie ihr doch die Wahrheit sagen – auch auf die Gefahr hin, dass Erna sie für verrückt erklärte. Wenn man jemanden mochte, dann durfte man ihn nicht komplett anlügen, oder?

»Hör mal, Erna. Ich muss dir was sagen«, begann Emily zögernd. »Lorenzo und Malik, also die sind in Wahrheit gar nicht meine ...«

In diesem Moment ging die Tür auf und die beiden Jungs stürmten in die Kabine. Und mit ihnen kam Willi zur Tür herein. Das heißt, er blieb abrupt im Eingang stehen. »Mein lieber Herr Jesangsverein!«, staunte er und pfiff durch die Zähne. »Vornehm jeht die Welt zujrunde, wa?«

Lorenzo zog ihn am Ärmel und drückte die Tür ins Schloss. »Nun komm schon rein«, grummelte er. Und dann erzählte er den Mädchen, dass er das halbe Schiff nach Malik abgegrast hatte, bis er ihn schließlich in der vierten Klasse gefunden hatte. Seite an Seite mit seinem allerbesten Freund Willi Schuhmacher hatte er dort am Tisch gesessen. »Er hat sich geweigert, ohne Willi mitzukommen«, sagte er.

»Jawoll«, sagte Willi. »Und nu bin ick hier. Wir ham uns an all die Offiziere vorbeijeschummelt.« Er ließ sich aufs Bett plumpsen und warf Malik ein Kissen an den Kopf. »Das is hier 'ne Wucht. Da haste nich zu viel versprochen, Malikke.« Doch eine Sekunde später war er auch schon wieder aufgesprungen, um sich gemeinsam mit den anderen Jungs über das feine Abendessen herzumachen. Erna hatte nur Besteck für eine Person mitgebracht. Als Willi sich ein Stück Fasan mit den Fingern in den Mund steckte, verbot sie ihm so ein ungehobeltes Benehmen. Und so gingen Messer, Gabel und Löffel reihum.

Nach dem Essen schlug Erna vor, noch eine Runde UNO zu spielen. Aber Willi wollte jetzt endlich die wahre Geschichte hören, die Malik ihm versprochen hatte. »Die vonne Fernkuckern und Händchendingsbums.«

»Fernseher und Handy«, murmelte Malik.

Lorenzo warf ihm einen wütenden Blick zu. Klar, Malik hatte natürlich weiterhin vor Willi rumgeprahlt.

»Was für eine Geschichte?«, fragte Erna neugierig.

Als Lorenzo abwiegeln wollte, hielt Emily es nicht mehr aus. Erna war so nett und hilfsbereit, da konnte sie sie einfach nicht mehr länger belügen. Und so haspelte sie, ohne einmal anzuhalten, all das hervor, was sie seit letzter Nacht erlebt hatte. Ab und zu warf Malik einen Satz ein und schließlich war auch Lorenzo an dem Punkt, wo er sich nicht länger zurückhalten konnte. »Es ist wahr! Es ist wirklich wahr, auch wenn es noch so absurd klingt«, sagte er.

Erna hatte stumm zugehört. Auf ihrem Gesicht hatte sich all das abgespielt, was in ihrem Kopf vorgegangen war. Und das war vor allem eines gewesen: Unglauben. Doch schließlich hatte sie sich, genau wie Willi, von der Geschichte faszinieren lassen. Sie ließ sich Emilys Armbanduhr zeigen und nickte dann mit nachdenklicher Miene. »Mamá sagt immer: Seit es Flugzeuge und Automobile gibt, hält sie nichts mehr für unmöglich. Irgendwann fliegt ja womöglich sogar mal jemand zum Mond.«

»Stimmt. 1969«, sagte Lorenzo. »Apollo elf, ein Raumschiff der Amerikaner. Der erste Mensch auf dem Mond war Neil Armstrong. Ich hab ein Buch über die erste Mondlandung.« Er stand auf, machte einen tapsigen Schritt nach vorne und zitierte mit tiefer Stimme: »Ein kleiner Schritt für einen Menschen, aber ein großer Sprung für die Menschheit!«

Emily und Willi prusteten gleichzeitig los.

»Meine Oma hat erzählt, dass sie das damals im Fernsehen gesehen hat«, meinte Emily.

»Ick liebe Jeschichten!« Willis Augen leuchteten vor Begeisterung. »Is eijentlich wurscht, ob se stimmen oder nich, wa? Wenn ick jroß bin, werd ick Bücher mit Abenteuern schreiben. Ick kann sojar schon lesen!«

Erna stand auf. »Also mir brummt der Kopf«, sagte sie. »Ich muss jetzt sowieso zurück, bevor die Eltern noch anfangen, sich Sorgen zu machen.«

Emily schaute sie bittend an. »Aber du glaubst uns doch, oder? Und du verrätst uns nicht, ja?«

»Natürlich verrate ich euch nicht«, erwiderte Erna empört. »Aber ob ich euch glaube, muss ich mir noch überlegen.« Sie lächelte. »Ich bin morgen früh wieder da und dann bringe ich euch Frühstück mit, versprochen.«

Auch Willi war aufgestanden. »Ick bin ooch wieder da«, versprach er. »Frühstück klingt jut.«

»Lass dich bloß nicht erwischen, du Knalltüte«, warnte ihn Lorenzo. Doch da klappte auch schon die Tür hinter Willi, Erna und dem Rollwägelchen zu.

Es dauerte nicht lange, dann hatten die drei die Betten verteilt. Malik passte bequem aufs Sofa, Lorenzo bekam das obere Stockbett, Emily das untere – das um Längen gemütlicher als die Autositze des alten Mercedes war. Obwohl sie immer noch aufgedreht und durcheinander war, fielen ihr bald die Augen zu. Das war ja wohl der anstrengendste und verrückteste Tag ihres Lebens gewesen! Erschöpft schlief Emily in ihre zweite Nacht auf dem *Imperator* hinein.

9

Zweimal lang, dreimal kurz, zweimal lang: Am nächsten Morgen klopfte Erna mit ihrem Erkennungszeichen an die Tür. Auf dem Rollwagen, den sie wieder dabeihatte, waren die wunderbarsten Dinge versammelt: Toast und Pumpernickel, Rührei, Würstchen und Speck, Tee und Kuchen. Und sogar Bohnen in Tomatensoße. »English breakfast à la King George. Mamá hat mich damit geradezu rausgeworfen«, kicherte Erna. Und mit einem Hauch von schlechtem Gewissen fügte sie an: »Sie ist immer noch unpässlich.«

Freudig machten sich Emily und Malik über das Essen her, während Lorenzo in seinem Stockbett liegen blieb und nur »Hab keinen Appetit« murmelte. Aber es war so viel da, dass genug für ihn und Willi übrig bleiben würde.

Der Tee war schon kalt und der Toast labberig, als es an der Tür polterte und ein wutschnaubender Willi in die Kabine stürmte. So aufgebracht war er, dass er für die Reste des Frühstücks keinen Blick hatte. »Wat los is?«, schimpfte er, als die anderen ihn fragten. »Willi Schuhmacher is 'n Hornochse, weil er sich hat erwischen lassen. Det is los! Mir ha'm se zweemal vermöbelt.« Mit finsterer Miene erzählte er, wie er auf dem Gang der zweiten Klasse von einem Steward festgehalten wurde, der ihm eine Ohrfeige gegeben hatte. Und als der Steward ihn dann bei seinem Vater ablieferte, hatte der ihm mit einem Gürtel den Hintern versohlt. »Aber ick bin trotzdem wieder abjehauen«, brummte er schmollend.

»Es ist doch verboten, Kinder zu schlagen!«, rief Emily empört.

»Seit wann det denn?«, murmelte Willi, der sich nun doch noch das letzte Würstchen in den Mund stopfte.

»Überall auf der Welt werden noch Kinder geschlagen, Emily«, kam es jetzt mit bitterböser Stimme von oben aus dem Bett.

Erna drückte Willi ein Stück Kuchen in die Hand. »Nimm mal«, meinte sie. »Ich muss den Wagen gleich wieder zurückbringen. Wenn ich zu lange wegbleibe, wird Mamá misstrauisch. Heute ist sie besonders nervös, weil wir doch am Abend schon in New York ankommen.«

Plötzlich sprang Lorenzo vom Bett. Ohne ein Wort zu sagen, steckte er sich ein paar Reste, die noch auf den Tellern lagen, in den Mund. Er hatte ganz offensichtlich eine Stinklaune. Als Willi fragte, ob sie nicht schnell noch eine Partie UNO spielen könnten, bevor Erna losmusste, explodierte er.

»Karten spielen!«, schnaubte er. »Du hast doch gehört, dass wir heute Abend in New York ankommen! Morgen früh, wenn immer noch über dreitausend Leute an Bord sind, wird hier die große Panik ausbrechen! Wir haben gestern schon viel zu viel Zeit nutzlos verstreichen lassen. Wir müssen endlich herausfinden, wie wir von diesem Kasten runterkommen, bevor wieder alles von vorne anfängt.«

Auf einmal drückte Emily diese ganze unheimliche Geschichte wieder das Herz zusammen. »Vielleicht ist das wie bei einem Computerspiel«, sagte sie nachdenklich. »Solange man nicht das Richtige macht, kommt man keine Runde weiter.«

»Und was ist das Richtige?«, fragte Malik so treuherzig, als glaubte er daran, dass sie die Antwort wüsste.

Emily schüttelte hilflos den Kopf. »Ihr seid doch schon seit mehreren Runden dabei. Ihr habt doch bestimmt schon alles Mögliche ausprobiert, oder nicht?«

»Klick«, machte Lorenzo und tippte mit dem Zeigefinger erst auf den Deckel der Teekanne, dann auf die Butterdose und den Griff des Rollwagens. Er sprang in der Kabine herum, drückte auf den Lichtschalter, die Türklinke, den Spiegel und den Lampenschirm. »Klick, klick, klick, klick. Passt auf, gleich sind wir im nächsten Level!« Fast schon hysterisch klang er und mit jedem Klick wurde er lauter.

Da klopfte es. »Brauchen Sie Hilfe?«, hörte man eine Männerstimme.

Erschrocken sahen alle zur Tür. Auch Lorenzo stand stumm da, bis Erna schließlich reagierte. »Oh, vielen Dank!«, rief sie. »Es ist alles in Ordnung.«

Vor der Tür entfernten sich Schritte und Lorenzo ließ sich aufs Sofa sinken. »Tut mir leid«, murmelte er. »Ich dreh hier nur langsam durch.«

Eine Minute saßen alle schweigend da. Dann meldete sich Willi. »Und wat is det?«, fragte er. »'n Kommpjutaspiel? Könnt ihr mir det beibringen?«

»Nee, Willi. Das ist zu kompliziert. Bevor wir euch das erklärt haben, sind wir in New York.« Lorenzo lachte spöttisch.

»Wieso kompliziert?«, meinte Malik. »Ist doch ganz einfach. Man muss was Bestimmtes hinkriegen, damit man weiterkommt.«

»Ja, man muss Aufgaben lösen. Und wenn man alles geschafft hat, ist das Spiel zu Ende. Aber das kann manchmal eine Ewigkeit dauern«, erklärte Emily.

»Eben. Das ist der Unterschied!« Lorenzo boxte gegen das Sofa. »Erstens ist das kein Spiel hier und zweitens haben wir nicht mehr viel Zeit. Wenn das Schiff im Hafen von Hoboken anlegt, ist es zu spät ...«

Noch einmal hörte Emily jetzt die schlimme Geschichte, die für Erna und Willi neu war. Ein Feuer würde am frühen Donnerstagmorgen ausbrechen, in der Nähe der Vierte-Klasse-Unterkünfte, und die Menschen würden in Panik versuchen, von Bord zu kommen. »Ein paar schaffen es nicht«, sagte Lorenzo bitter. »Wenn wir über die Gangway laufen, ziehen sie schon die ersten Toten aus dem Wasser.«

»Das ist ja schrecklich«, flüsterte Erna.

Jetzt schnaubte Lorenzo durch die Nase aus. »Ja, schrecklich. Aber nur für die ärmeren Leute. Ihr aus der Luxusklasse seid nämlich alle längst in Sicherheit, das weiß ich inzwischen. Ihr geht schon am Abend an Land, weil ihr nicht so streng kontrolliert werdet. Die aus der dritten und vierten Klasse bleiben jedoch noch die Nacht über in ihren Kabinen. Am Morgen sollen sie dann nach Ellis Island gebracht werden, auf die Insel, wo die Einwandererhalle ist.«

Erna zog die Augenbrauen zusammen. »Kann sein«, sagte sie. »Ich weiß nur, dass Großvater uns in Hoboken abholt.«

Emily stieß Lorenzo mit dem Ellenbogen an. »Hey, Erna kann doch nichts dafür, dass es so ungerecht zugeht.«

»Det is wie auf der Titanic, da ham se ooch nur die Reichen jerettet!«, schrie Willi auf einmal los. Und dann fing er an zu weinen, der ruppige, freche Willi. »Ick will det nich. Ick will nich, det ditte passiert.« Er stand auf und wischte sich die Nase mit dem Unterarm ab. »Ick jeh lieber ma wieder zu meene Familie zurück.«

Er war schon fast an der Tür, als er sich noch mal umdrehte. »Und außerdem isset ja wohl klar wie Kloßbrühe, wat die Aufgabe is.« Er verschränkte die Arme vor der Brust. »Det darf eben nich brennen, wa?«

10

Lorenzo starrte Willy mit offenem Mund an. Dann schlug er sich mit der Faust gegen den Kopf. Was für ein Idiot war er nur gewesen! Natürlich, sie mussten das Feuer verhindern. Das Feuer und die Panik und die Toten. Nur weil immer wieder dieses Unglück passierte, landeten sie jedes Mal von Neuem in der Vergangenheit! Wieso musste erst diese Berliner Rotznase kommen, um ihm die Augen zu öffnen?

Er hatte Willi schon bei seinen ersten Zeitreisen erlebt und da war er ihm mit seinem Gequassel ziemlich auf die Nerven gegangen. Er hatte keine Lust darauf gehabt, dass sich Malik mit diesem Jungen anfreundete. Deshalb war er ihm aus dem Weg gegangen. Und jetzt war es ausgerechnet Willi, der ihnen weiterhalf.

Fassungslos griff er sich in die Locken. »Oh Mann, Willi«, stöhnte er. »Du hast recht. Wir müssen das Feuer verhindern! Warum habe ich das nicht schon eher erkannt?«

»Das ist doch kein Wunder, Lorenzo«, versuchte Emily ihn zu trösten. »Man muss das doch alles erst mal begreifen. Wenn ich euch nicht getroffen hätte, wäre ich sicher ausgeflippt. Keinen einzigen klaren Gedanken hätte ich hingekriegt.«

Immer noch reichlich zerknirscht lächelte er ihr zu. »Okay,

dann lasst uns mal alle gemeinsam nachdenken. Also, was wissen wir?« Er nahm einen Block Papier und einen Stift von der Kommode und malte das Schiff in groben Umrissen auf. »Das Feuer wird morgen früh ausbrechen, kurz bevor die Sonne aufgeht. Und zwar irgendwo hier.« Mit Schwung umkreiste er den vorderen Teil des Schiffes und schaute dann von seiner Zeichnung hoch. »Aber wo genau? Das wissen wir leider nicht.«

»Vielleicht im Automobilfrachtraum«, überlegte Erna. »Papá hat neulich seine brennende Zigarre im Wagen vergessen, als er diesem Baron den Mercedes erklärt hat.«

»Auweia! Det is dämlich!«, rief Willi.

Emily nickte. »Aber ich glaube trotzdem eher, dass es in dem vorderen Kesselraum passiert.« Sie machte Kreuze an der Stelle auf dem Zettel, wo sie die Kohlekessel vermutete. »Ihr hättet mal sehen müssen, was da für eine Wahnsinnshitze drin bollert!«

Lorenzo stimmte ihr zu. Er war schon ein paar Mal in den Kesselräumen gewesen. In dieser Hölle konnte sicher was explodieren.

»Aber wie sollen wir denn verhindern, dass da ein Feuer ausbricht?«, fragte Malik.

»Und det kann ja ooch woanders passieren. Irjendwo.« Willi fuchtelte mit den Händen in der Luft herum. »Inne Zwischendeck lungern doch immer Männer rum, die ihre Pfeife rauchen oder ’n Stumpen. Mein Oller qualmt uns ooch jeden Abend die Bude voll und denn schimpft Mudder, er soll ma vor die Tür jehen.«

»Wir müssen uns aufteilen, bevor der Tag anbricht«, sagte Lorenzo. »Ich werde im Kesselraum Wache halten. Emily passt im Autofrachtraum auf, Malik bei den anderen Lagerräumen und Willi bei den Kabinen.« Er malte ebenfalls ein paar Kreuze in seine Zeichnung.

»Und ich?« Erna meldete sich, als wäre sie in der Schule. »Ich kann auch irgendwo aufpassen, Lorenzo.«

»Du bist dann doch gar nicht mehr auf dem Schiff, Erna. Ihr verlasst schon heute Abend die *Imperator*.«

»*Den Imperator*«, murmelte Willi.

Lorenzo rollte mit den Augen. Willi konnte einem wirklich manchmal auf die Nerven gehen. »Ihr kriegt nachher euren Einreisestempel und dann könnt ihr an Land«, fuhr er an Erna gewandt fort.

»Aber Papá hat gesagt, es kommt noch ein Arzt aufs Schiff, weil sie keine Kranken ins Land lassen wollen«, meinte sie. »Mamá macht sich schon Sorgen, wo sie doch immer noch unpässlich ist. Papá hat sie ausgelacht. Sie hat ja nicht die Krätze und wir sind schließlich keine Bettler.«

Willi warf ihr einen bösen Blick zu. »Wir ooch nich. In New York kann mein Vater auf 'm Bau arbeiten, bei die Hochhäusers. Und wenn nich, fahr'n wir nach Schikago. Da jibt's Arbeit inne Schlachthöfe, und zwar jenuch für alle. Ick kann da ooch arbeiten, wenn ick will. Det kannste deinem feinen Herrn Papaaa mal sajen.«

»Du bist ja erst neun. Du darfst noch gar nicht arbeiten!«

»Klar, darf ick, wenn ick will! In Schikago darf ick det!«

»Pfff.« Erna verdrehte die Augen.

»Leute! Wir haben Besseres zu tun, als uns zu streiten. Uns rennt die Zeit davon! Kapiert ihr das nicht?!« Lorenzo war kurz davor auszurasten. »Und diese alberne Zeichnung nutzt uns überhaupt nichts.« Er zerknüllte seinen Zettel und pfefferte ihn gegen die Wand.

Eine Sekunde lang war es still in der Kabine. Dann räusperte sich Erna. »Ich kann vielleicht einen richtigen Plan vom *Imperator* besorgen, wo alle Räume eingezeichnet sind, alle Treppen und Notausgänge und so. Papa hat einen in unserer Kabine. Meinst du, das könnte uns helfen, Lorenzo?«, fragte sie vorsichtig.

Er holte tief Luft, dann hatte er sich wieder im Griff. »Ja, Superidee, Erna«, sagte er. »Je besser wir uns auf dem Schiff auskennen, desto besser können wir reagieren. Hol den mal schnell.«

Doch Erna bezweifelte, dass sie es noch einmal schaffen würde, sich davonzuschleichen. Und so überlegte Lorenzo, mit ihr zusammen in die Luxusklasse zu gehen, damit sie ihm den Plan herausreichen konnte.

»Tja, eigentlich siehst du so aus, als gehörst du in die Luxusklasse«, meinte sie. »Nur, dass du barfuß bist, passt nicht.« Sie schaute nachdenklich auf seine nackten Füße, dann ging sie zum Waschbecken und kam mit einem großen Handtuch zurück. »Du tust einfach so, als wärst du unterwegs zum Schwimmbad«, sagte sie.

»Wat?«, krähte Willi da los. »Det jibt hier 'n Schwimmbad?!«

»Ja«, antwortete Erna. »Und auch einen Turnsaal.« Trotzig schaute sie Willi an. »Und eine Bibliothek.«

Wollten die beiden sich etwa schon wieder streiten? Lorenzo schob Willi energisch zur Tür. »Jetzt lass du dich mal wieder bei deinem Vater blicken. Sonst kommt er dich noch suchen. Wir treffen uns ungefähr in einer Stunde auf dem Vierte-Klasse-Deck, okay?«

»Aye, aye, Sir, abjemacht.« Willi tippte sich an seine Schirmmütze.

»Und ihr beiden wartet hier, bis ich wieder da bin. Keine Extratour, Malik, klar? Ich hab keine Lust, dich noch mal suchen zu müssen.«

»Klar.«

Lorenzo hängte sich das Badetuch um den Hals und warf einen Blick auf seine nackten Füße. Zum Glück hatte er vorhin den Dreck heruntergeschrubbt. »Ich bin gleich zurück«, sagte er zu Emily. Die hatte immerhin schon so viel Verstand, dass man auf sie nicht extra aufpassen musste.

Erna schob das Rollwägelchen mit den Überresten des Frühstücks zur Tür hinaus und Lorenzo folgte ihr durch die Gänge. Den Übergang von der zweiten zur Luxusklasse konnten sie ohne Problem passieren, da die Stewards Erna mittlerweile kannten. Einer von ihnen nahm ihr hilfsbereit den Wagen ab, um das schmutzige Geschirr wegzubringen. Er redete sie mit »gnädiges Fräulein« an, was für Erna ganz normal zu sein schien.

Nach wenigen Minuten standen sie vor der Kabine der Althoffs und im selben Moment schrak Lorenzo zusammen, weil die Tür aufging. Ernas Vater stand vor ihnen und sah seine Tochter mit strengem Blick an.

»Erna! Deine Mutter ist unpässlich, in wenigen Minuten beginnen die Einreiseformalitäten und du treibst dich in der Gegend herum.« Er musterte Lorenzo, als hätte er einen Heiratsschwindler vor der Nase.

Erna kicherte nervös. »Lorenzo, also das ist Papá, das heißt, Senator Friedrich Althoff junior.« Sie reckte sich und gab ihrem Vater einen Kuss auf den Backenbart. »Papáchen, darf ich dir Lorenzo vorstellen? Er ...« Sie suchte nach den richtigen Worten und entschied sich dann, die Wahrheit zu sagen. »Er wollte sich den Plan vom Schiff abholen. Weißt du, er interessiert sich dafür, wie der *Imperator* gebaut ist.«

Lorenzo nahm wahr, wie Ernas Vater auf seine nackten Füße schaute. »Ich wollte ins Schwimmbad«, sagte er hastig.

»Jetzt noch?« Herr Althoff schüttelte missbilligend den Kopf. Doch dann ging er zu seinem Schreibtisch, holte ein bunt bedrucktes Plakat, rollte es zusammen und reichte es Lorenzo. »Bitte schön. Aber das mit dem Schwimmen lass mal schön sein, mein Junge, wenn du heute noch von Bord kommen willst.«

»Vielen Dank, Herr Senator.« Lorenzo lächelte Herrn Althoff zu. Natürlich wollte er heute noch von Bord kommen. Nichts wollte er lieber auf dieser Welt! Er gab ihm brav die Hand und dann drückte er Erna spontan an sich. Erna, das Mädchen, das bereits tot war, als er geboren wurde ... Er roch den Duft ihrer Haare, spürte, wie stark und lebendig sie sich anfühlte, und für einen Moment packte ihn wieder der ganze Irrsinn dieser Situation.

11

Eine Stunde später saßen sie auf dem Vierte-Klasse-Deck in ihrer Ecke beim Ladekran und studierten die Zeichnung des *Imperators.* Sie zeigte einen Längsschnitt des Schiffes. Lorenzo kreuzte die Orte an, wo sie Wache halten wollten, und zeichnete für jeden die besten Fluchtwege ein.

»Merkt euch genau, wie ihr von euren Posten aus am schnellsten an Deck kommt«, sagte er. »Falls ihr das Feuer nicht verhindern könnt, müsst ihr euch beeilen.«

Emily schluckte. Falls sie das Feuer nicht verhindern konnten ... Würde dann auch für sie diese Zeitreise wieder von vorne beginnen? Würde sie dann dieselben Menschen wieder treffen, Lorenzo und Malik, Erna und Willi?

»Da kommt Erna«, hörte sie jetzt Malik wie aufs Stichwort sagen. Und tatsächlich: Erna drängte sich durch die Menge der Passagiere und winkte ihnen zu. »Ich hab nur ganz kurz Zeit!«, rief sie. »Aber ich muss mich doch noch von euch verabschieden.« In ihrem hübschen weißen Kleid setzte sie sich neben Emily auf den Boden. Wie eine Orchidee inmitten eines Kohlfelds sah sie aus zwischen all den Auswanderern in ihren dunklen Wollsachen.

Eine merkwürdige Stimmung hing über der kleinen

Gruppe. Selbst Willi, die Quasselstrippe, hielt den Mund. Allen war klar, dass sie sich vielleicht nie wiedersehen würden. Wer weiß … Wenn alles gut ging, würden Lorenzo und Malik wieder im Jahr 2016 landen und Emily 2020 auf der *Queen Mary*. Erna würde bei ihren Großeltern in Manhattan leben und Willi womöglich mit seiner Familie zusammen nach Chicago reisen. Oder aber er wohnte am anderen Ende von New York in einer Welt, die nichts mit der Feineleutewelt von Erna gemein hatte.

»Ich weiß immer noch nicht, ob das stimmt, was ihr erzählt habt«, sagte Erna jetzt. »Aber das ist mir ganz egal. Ich freue mich so, dass ich euch kennengelernt habe.« Sie grinste. »Dich auch, du Knallkopf.« Sie knuffte Willi in die Seite und drückte ihm eine Schachtel Marzipan in die Hand. »Hier, für euch zum Abschied«, sagte sie. »Die wollte ich eigentlich Großmama aus Lübeck mitbringen.« Sie lächelte schief.

Erna reichte ihnen feierlich die Hand. Alle fünf standen sie nun auf und umarmten sich. »Viel Glück!«, schniefte Erna. »Passt gut auf euch auf, ja?« Dann raffte sie ihr Kleid mit beiden Händen und huschte davon.

Immer noch ziemlich schweigsam aßen sie die Marzipankartoffeln. Kaum hatte sich Willi die letzte Kugel in den Mund gesteckt, stöhnte er auf und verdrehte die Augen. »Och nee, der Fritze«, maulte er. »Ausjerechnet.« Er deutete zu einem älteren Jungen hinüber, der ganz offensichtlich nach jemandem Ausschau hielt. »Det is eener von mein' Brüdern. Ick jeh mal lieber, sonst jibts noch Ärjer. Ick bin nachher wieder da und dann wird Wache jeschoben, wa?« Er stülpte sich seine Schiebermütze über die Ohren und sauste noch flinker als Erna davon.

So saßen sie also nur noch zu dritt in ihrer Ecke. Es gab nichts mehr zu bereden und nichts mehr zu tun, als auf die Nacht zu warten. Und die begann jetzt im August erst ziemlich spät.

»Ruht euch aus«, meinte Lorenzo. »Heute werden wir nicht viel Schlaf kriegen.«

Emily war viel zu nervös, um zur Ruhe zu kommen. Aber dann musste sie wohl tatsächlich eingenickt sein. Denn als sie sich reckte und verschlafen aufschaute, sah sie, dass die Sonne schon tief stand.

Plötzlich ging ein Raunen und Rufen durch die Menge. »New York, New York! Amerika!« Das ganze Deck geriet in Bewegung. Wer noch saß, sprang auf, und alle drängten zur Reling. Auch Emily, Lorenzo und Malik beeilten sich, einen Platz in der ersten Reihe zu bekommen. Ja, tatsächlich! Im rötlichen Abendlicht war Manhattan aufgetaucht, ganz klein noch, aber mit jeder Sekunde war es besser zu erkennen. Eine fast andächtige Stimmung hatte die Menschen erfasst: Amerika, das gelobte Land!

Inmitten der jubelnden und schluchzenden Menschen stand Emily da und schaute und schaute. Immer näher rückte die Insel. Da waren die Freiheitsstatue, die Hochhäuser und die vielen Schiffe, die die Bucht kreuzten. Natürlich sah alles ganz anders aus als auf den Bildern, die ihr Vater ihr gezeigt hatte. Viel weniger Häuser, viel kleiner die Wolkenkratzer. Und trotzdem war es ein unvergesslicher Anblick. Gerührt nahm sie wahr, wie die junge Frau neben ihr niederkniete und betete, während ihr die Tränen nur so übers Gesicht strömten.

»Warum weinen denn die Leute?«, fragte Malik. »Freuen sie sich nicht, dass wir bald da sind?«

»Das ist für die meisten ein ganz besonderer Moment in ihrem Leben «, antwortete Lorenzo. »Ich hab's dir doch erzählt, Malik: Die Menschen haben alles aufgegeben, um nach Amerika zu kommen, ihre Familie und ihre Freunde – ihr ganzes vertrautes Leben, auch wenn es armselig war. Sie wissen ja überhaupt nicht, was auf sie zukommen wird. Aber jetzt, wo sie die Freiheitsstatue sehen, sind sie voller Zuversicht.«

»Manche weinen bestimmt vor Freude«, flüsterte Emily.

Malik nickte. »Die sind sehr mutig, oder?«

»Ja, das sind sie«, antwortete Lorenzo geradezu feierlich. »Deswegen ist es umso schlimmer, wenn ihr erster Morgen in der neuen Heimat mit einem Unglück beginnt.«

12

Noch bevor das Schiff gegenüber von Manhattan im Hafen von Hoboken angekommen war, hatte ein Boot an der Seite des *Imperator* festgemacht, um ein paar Männer an Bord klettern zu lassen. Es waren die Leute von der Einwandererbehörde, so wie Lorenzo es die letzten Male schon beobachtet hatte. Und als die Sonne untergegangen war und der Himmel noch in einem letzten glühenden Orange leuchtete, konnten sie zuschauen, wie das Schiff an Land vertäut wurde.

Immer noch drängten sich die Menschen an der Reling, um sich nichts entgehen zu lassen. Die Gangway wurde ausgefahren, Gepäckträger liefen an Bord, riesige Mengen an Koffern und Truhen und Möbeln wurden von Bord geschafft und die Autos per Kran an Land gehoben. Am Kai standen Leute, die den an Deck Wartenden zuwinkten, Rufe gingen hin und her.

Emily, Lorenzo und Malik reckten die Hälse. Da waren die Passagiere der Luxusklasse und der zweiten Klasse. Konnten sie Erna unter all den Leuten entdecken, die jetzt über die Gangway gingen? Ja, da war sie mit ihren Eltern, trotz der Sommerwärme in einem schicken Mäntelchen. Ihre Mamá hatte ein rosa Sonnenschirmchen in der Hand und der Herr Senator plauderte mit dem Herrn Generaldirektor.

Auch Erna hielt Ausschau nach dem Vierte-Klasse-Deck. »Atschüüüüs! Viel Glüüüüück!« Sie wedelte so aufgeregt mit den Armen, dass ein Matrose sie festhielt, damit sie nicht ausrutschte. Noch einmal drehte sie sich nach ihnen um, dann rannte sie auf einen grauhaarigen Herrn zu, der sie in die Arme schloss und an sich drückte.

»Kuckt, das ist ihr Opa«, meinte Malik. »Nun freut sie sich aber riesig.« Er wischte sich mit dem Handrücken über die Augen. Die Wiedersehensszene schien ihn traurig zu machen.

Lorenzo legte ihm die Hand auf die Schulter. »Komm, Malik«, sagte er. »Jetzt gehen wir mal auf die andere Schiffsseite und schauen uns die Lichter von Manhattan an. Und es ist ja auch schon so spät, dass gleich alle in ihre Schlafräume verschwinden werden. Dann können wir unsere Posten beziehen.«

Er hatte recht. Die Menschen verließen die Reling, um sich die Treppen hinunterzudrängeln. Als niemand mehr an Deck war, tauchte Willi auf. »Wir ham unsern Krimskrams jepackt«, sagte er. »Nun liegen alle inne Kojen. Mutter hat jemeent, sie macht keen Auje zu vor Aufrejung. Aber dann isse doch wegjepooft. Hat keener jemerkt, wie ick mir wegjeschlichen hab.«

Er hatte ihnen ein halbes Brot mitgebracht, das sie aßen, weil sie hungrig waren. Aber Appetit hatten sie nicht, denn wieder packte sie die Anspannung. Wo würde das Feuer ausbrechen? Würde einer von ihnen es entdecken, bevor es sich ausbreiten konnte? Schafften sie es, den Brand und die Panik zu verhindern? Gab es dieses Mal keine Toten und war dann dieser Zeitreisenspuk tatsächlich vorbei? Waren das jetzt ihre letzten gemeinsamen Minuten, bevor jeder in seiner eigenen Welt landete?

Emily sah, wie Malik mit den Tränen kämpfte. »Hört mal,

Leute«, sagte sie. »Es ist eigentlich total überflüssig, dass ich im Autofrachtraum Wache halte. Die Wagen sind doch schon alle von Bord. Ich gehe mit Malik zu den Lagerräumen, wo wir zusammen aufpassen können.«

»Gute Idee«, stimmte ihr Lorenzo zu. »Okay … dann denke ich, wir sollten mal aufbrechen.« Er versuchte, optimistisch zu klingen.

Sie umarmten sich alle und Lorenzo drückte Malik eine ganze Weile fest an sich. »Wir sehen uns bestimmt wieder, Kleiner«, sagte er. »Und zwar 2016!« Er holte Zettel aus der Hosentasche, die er Malik und Emily reichte. »Meine Adresse in Hamburg und meine Handynummer«, sagte er. Unschlüssig schaute er Willi an. »Ich kann sie dir auch geben, aber …«

»Aber 2016 bin ick mausetot, wa?«, ergänzte Willi den Satz und schob die Unterlippe vor. »Nützt ja nüscht«, brummte er. »Det Händchendingsbums kann mir jestohlen bleiben. Is ja sowieso Quatsch, det mit de Zukunft.« Geräuschvoll zog er die Nase hoch. »Also jut, jehen wir los, wa?« Er knuffte Lorenzo mit dem Ellenbogen in die Seite und schon war er unterwegs zur Treppe.

Beim Gang zu den Schlafräumen trennten sich ihre Wege. Willi blieb zurück, während die anderen ganz in den Bauch des Schiffes hinunterstiegen. Den weitesten Weg und den gefährlichsten Wachposten hatte Lorenzo. Als Emily ihm nachschaute, wie er zu den Kesselräumen ging, schlug ihr das Herz bis zum Hals. Was um alles in der Welt würde er tun, wenn einer der riesigen Kessel explodierte?

»Mach's gut, Lorenzo, sei vorsichtig!«, rief sie ihm hinterher, aber er hörte sie schon nicht mehr.

13

Lorenzo wischte sich den Schweiß aus den Augenwinkeln. Ihm war heiß. War das die Aufregung oder die Nähe des Kesselraums, vor dem er stand? Vorsichtig schob er die Tür auf. In Erwartung der entsetzlichen Hitze und des Lärms zog er die Schultern hoch – und starrte überrascht in den dunklen großen Raum. Er war still wie ein Grab. Nichts war zu hören, niemand war zu sehen. Eine Sekunde lang verstand er nicht, was passiert war. Warum brannten denn die Öfen nicht? Wo waren die Heizer hin? Ein Spruch kam ihm in den Sinn: »Die Ratten verlassen das sinkende Schiff.« Klar, wenn man ahnte, dass was passierte, dann haute man so schnell wie möglich ab. Wussten die Seeleute bereits, dass irgendwo ein Feuer ausgebrochen war? War er zu spät gekommen? Doch dann begriff er: Das Schiff fuhr ja nicht mehr, und darum mussten die Kessel wohl auch nicht befeuert werden, oder? Erst jetzt fiel ihm ein, dass ja auch gar kein Rauch mehr aus den Schornsteinen gequollen war.

In dem nur durch eine Notbeleuchtung erhellten Raum war kaum etwas zu erkennen. Aber hier schien alles in Ordnung zu sein. Etwas weniger behutsam ging er an dem riesigen Kessel vorbei, um zur hinteren Tür zu gelangen. Auch von dort war nichts von dem üblichen Krach zu hören. Trotzdem: Es gab sicher noch glühende Kohle, die irgendetwas in Brand setzen konnte, und deshalb sollte er wohl lieber auch die anderen Kesselräume inspizieren.

Plötzlich, aus dem Dunkeln, sprang etwas auf ihn zu. Wie ein Räuber in der Nacht! Starke Hände griffen nach ihm, ein rußgeschwärztes Gesicht tauchte vor ihm auf, in dem nur das Weiß der Augen glänzte. »Was willst du hier? Was hast du hier zu suchen?«

Vor Schreck fing er an zu stottern. »Ähh, nichts. Das heißt doch … Ich …«

»Was denn nun?« Der Mann lockerte seinen Griff etwas. »Wieso bist du nicht in deiner Kabine?«

»Ich wollte aufpassen, ob es hier irgendwo brennt.«

»Ob es hier brennt? Bist du der Oberheizer oder was? Verschwinde, aber schnell! Das ist kein Kinderspielplatz.« Der Mann ließ ihn los und gab ihm einen Schubs Richtung Tür.

Doch Lorenzo blieb stehen. Er musste diesem Heizer klarmachen, dass der *Imperator* in großer Gefahr war. Und so haspelte er alles hervor, was er wusste: dass ein Feuer ausbrechen würde, schon ganz bald, irgendwo hier unten im Bug des Schiffes. Und dass sie Wache hielten, er und Emily und Malik, um das Feuer zu verhindern, weil sonst Panik ausbrach und es Tote gab, Menschen, die zerquetscht wurden oder von Bord ins Wasser fielen. Immer lauter wurde er, immer aufgeregter. Doch der Heizer stand nur da wie ein Felsen und schaute ihn regungslos an.

»Wir müssen das verhindern! Wir müssen in den Kesselräumen nachschauen. Verstehen Sie das nicht?!«, schrie Lorenzo.

»Nee, verstehe ich nicht. Verstehe ich ganz und gar nicht.« Der Mann war die Ruhe selbst, aber mit jedem Wort klang seine Stimme bedrohlicher. »Woher willst du das wissen? Habt ihr irgendwo Feuer gelegt, du und deine Freunde?«

»Nein, wir wollen das Feuer verhindern, verdammt noch mal! Wir verlieren hier kostbare Zeit! Es wird brennen und Tote geben! Ich weiß das, ich habe das alles schon mal erlebt! Und nicht nur einmal! ES WIRD EIN FEUER GEBEN!« Er brüllte diesen dämlichen Heizer an.

Da packte ihn der Mann an den Oberarmen und schüttelte ihn. »Es reicht, hörst du? Ich werde dem Kapitän Bescheid geben.«

»Ja, bitte, aber schnell!«, keuchte Lorenzo. Seine Arme fühlten sich an wie in einem Schraubstock.

Der Heizer lachte spöttisch. »Klar, wenn meine Schicht zu Ende ist. Hab noch einiges zu tun, bevor ich von Bord gehe. Und der Einzige, der mich im Moment aufhält, bist du, du Nervensäge.«

Ehe Lorenzo sich's versah, schleppte ihn der Mann in den hinteren Bereich des Kesselraums, schubste ihn unsanft zu Boden und drückte ihn mit dem Rücken gegen ein Rohr. Er griff nach etwas, das er durch die Luft schwang.

»Was soll das? Was haben Sie vor?« Lorenzo starrte den Heizer vom Boden aus an. Im Dunkeln konnte er nicht sehen, was der Mann in den Händen hielt. Doch in der nächsten Sekunde erkannte er das Seil. »Nein, tun Sie das nicht! Bitte!!!«

»Halt einfach die Klappe.« Der Heizer bog ihm die Arme nach hinten, band ihm das Seil um die Handgelenke und fesselte ihn an das Rohr. So eng, dass er sich nicht mehr bewegen konnte. Lorenzo zerrte und zog, doch der Strang schnitt ihm nur umso schmerzhafter in die Haut. »So, nun kannst du von mir aus rumbrüllen, so viel du willst. Hier hört dich keiner«, sagte der Heizer.

Lorenzo sah, wie er seine Kappe in eine Ecke warf und zur Tür ging. Aber nicht zu der, die in den nächsten Kesselraum führte, wo jede Sekunde das Feuer ausbrechen konnte. Nein, er ging zum Ausgang. Er ließ ihn hier allein zurück. Die Tür fiel ins Schloss und es war totenstill. Entsetzt starrte Lorenzo ins Dunkel, der Schweiß brach ihm aus allen Poren. Und jetzt war es kalter Angstschweiß.

14

Wie spät mochte es sein? Emily hielt ihre Unruhe kaum noch aus. Während sie mit Malik in einem dunklen Winkel vor den Lagerräumen auf dem Boden saß, wünschte sie einmal mehr, sie hätten ihre Handys dabei. Dann könnten sie sich im Notfall sofort erreichen und miteinander absprechen. Richtig hilflos fühlte sie sich. Wie hatten das die Leute nur früher hingekriegt, so ganz ohne Handys?

Malik gähnte. »Nicht einschlafen«, mahnte ihn Emily. »Dann können wir niemanden mehr warnen, wenn es nötig ist.«

Und plötzlich schoss ihr ein Gedanke durch den Kopf: Wenn sie nun das Feuer gar nicht entdeckten ... dann war es doch vor allem wichtig, dass die Menschen rechtzeitig an Deck waren, oder nicht?

»Hör mir zu, Malik«, sagte sie eindringlich. »Wie war das bei den letzten Malen? Habt ihr nicht erzählt, es hätte deshalb Tote gegeben, weil Panik ausgebrochen ist? Oder ist auch jemand direkt durch das Feuer ums Leben gekommen?«

»Ich glaub nicht ... Die Leute haben sich gegenseitig weggedrängelt ... Manche sind ins Wasser gefallen ... und ertrunken ... Es war ganz furchtbar ...« Malik flüsterte so leise und angstvoll, dass Emily ihn kaum verstand.

Doch sie hatte genug gehört. »Es ist Blödsinn, was wir hier tun, Malik«, unterbrach sie ihn. »Wir müssen schnell zu den Schlafsälen zurück, um die Leute zu warnen, verstehst du? Es sind ja fast zweitausend Menschen, die alle rechtzeitig aus ihren Betten sein müssen!« Und schon sprang sie auf und zog Malik mit sich. Eilig rannten sie die Treppen zur vierten Klasse hoch.

Im untersten der Vierte-Klasse-Gänge kam Willi ihnen schon entgegen. »Habt ihr's jeschafft?«, fragte er begeistert. »Habt ihr det Feuer jelöscht?«

Emily schüttelte den Kopf. Hastig erklärte sie ihm ihren neuen Plan. »Wir müssen die Leute so warnen, dass sie nicht gleich durchdrehen«, sagte sie.

Clever, wie er war, begriff Willi sofort. »Wir sajen einfach, det jibt 'n Extrafrühstück an Deck«, schlug er vor. »Denn sind die Leute blitzeschnell aus die Kojen.«

Genau so machten sie es. Sie liefen durch die Gänge, von Kabine zu Kabine, und öffneten die Türen. Stolz schlug Malik den Gong, der stets die gestaffelten Essenszeiten für die Passagiere einläutete. Und Emily tat so, als wäre sie die Küchenchefin. Energisch forderte sie die Menschen auf, doch bitte schon jetzt an Deck zu kommen, weil dort ein schönes Abschiedsfrühstück bereitstünde. »Breakfast! Nicht trödeln, aber bitte auch nicht drängeln!«, rief sie mit lauter Stimme.

»Frühstück an Deck?« Die ersten verschlafenen Gesichter zeigten sich vor den Kabinen. Doch da waren Malik und Emily schon zum nächsten Gang weitergelaufen. Und Willi erklärte jedem, der noch zögerte, er möge sich mal lieber auf die Socken machen.

Nach und nach strömten aus allen Gängen Menschen ins

Treppenhaus. Aufgeregt schnatterten sie durcheinander. Viele waren verwirrt, weil sie so früh am Morgen geweckt worden waren. Manche freuten sich, dass es jetzt schon losging. Andere hatten Fragen, weil sie die Ankündigung nicht verstanden hatten, und ließen sich die Nachricht übersetzen. Aber keiner drängelte, niemand machte Stress. Halbwegs geordnet gingen die Leute an Deck. Willis Plan klappte wunderbar.

Natürlich blieb das Ganze nicht unbemerkt. Stewards tauchten auf, wollten wissen, was los war, und schüttelten ungläubig den Kopf. Ein Extrafrühstück an Deck? Wie waren die Leute denn auf diese Schnapsidee gekommen? Doch jetzt waren bereits so viele Menschen unterwegs, dass sie nicht mehr aufzuhalten waren.

Emily schaute sich um. Wo steckte Willi eigentlich? Bei all den Menschen um sie herum hatte sie ihn aus den Augen verloren. Nur Malik war noch an ihrer Seite, weil sie ihn fest an der Hand hielt. Und plötzlich durchzuckte Emily ein gewaltiger Schreck. Lorenzo! Der war ja immer noch unten bei den Kesselräumen! Und was war mit den Arbeitern an den Kesseln und dem Rest der Mannschaft? Mussten sie denen nicht dringend Bescheid geben?

»Malik«, raunte sie. »Ich geh noch mal nach unten, um Lorenzo zu holen. Lauf du weiter an Deck und such Willi.«

»Nein.« Malik weigerte sich, alleine zu bleiben. Und so hasteten sie zu zweit zurück, die Treppen hinunter, an den Lagerräumen vorbei, bis sie vor dem ersten Kesselraum standen. Ob Lorenzo überhaupt noch hier war? Emily wuchtete die Stahltür auf und ging mit Malik dicht an ihrer Seite ein paar Schritte vorwärts. Ungewöhnlich still und dunkel war es. Kein Heizer schien mehr bei der Arbeit zu sein und die Kessel brannten nicht mehr.

»Lorenzo? Bist du hier irgendwo?«, rief sie vorsichtig. Wenn sich nun einer der Kohlemänner hier im Düstern verbarg …

»Hier!«, kam eine heisere Stimme aus der Dunkelheit.

Plötzlich schrie Malik auf. »Lorenzo!« Er riss sich von ihrer Hand los und rannte in den Raum hinein. Jetzt sah auch Emily, was er entdeckt hatte. An der Wand lag jemand auf dem Boden, mit dem Rücken an ein Rohr gedrückt, die Arme nach hinten gebogen, die Hände gefesselt.

»Lorenzo, was ist denn passiert? Was haben sie mit dir gemacht?!« Schon knieten sie neben ihm und tasteten nach den Enden des Seils in seinem Rücken. Während Emily versuchte, die Knoten zu lösen, und Malik ihm die schweißverklebten Locken aus dem Gesicht strich, erzählte Lorenzo, wie ihn der Heizer erwischt hatte.

»Er hat mich hier einfach zurückgelassen. Ich bin verdammt froh, dass ihr gekommen seid …«, sagte er und schwieg erschöpft. Brüchig und rau klang seine Stimme, weil er so um Hilfe geschrien hatte. Was für eine Angst musste er ausgestanden haben, wo er doch wusste, dass das Feuer bald ausbrechen würde!

Endlich hatte Emily das Seil gelöst und Lorenzo rieb sich die schmerzenden Handgelenke. »Wie spät ist es, Emily?«, fragte er besorgt. »Es geht doch sicher schon auf den Morgen zu. Wir müssen sehen, dass wir hier wegkommen!« Sie halfen ihm auf die Füße. Während sie zurück zum Treppenhaus eilten, berichtete Emily von ihrer Aktion.

Lorenzo seufzte erleichtert. »Wie schlau von euch. Das hätten wir von Anfang an so machen müssen.«

Jetzt waren sie auf der untersten Ebene der vierten Klasse, wo sich immer noch ein paar Familien in den Schlafräumen aufhielten. Emily wollte zu ihnen, um sie zu warnen – da ertönte plötzlich ein schrilles Signal. Rufe wurden laut, Schreie in allen Sprachen. »Feuer! Feuer im Bug! Es brennt!« Wer noch nicht im Treppenhaus war, fing an zu laufen und zu brüllen. »Fire! Ogień! Foc! Fayer! Пожар! אש!« Auch die Letzten rannten panisch los, ihre Kinder vor sich hertreibend.

Es wurde eng und enger in dem Kabinengang. Inmitten der Menschen stolperte Emily hinter Lorenzo her, Maliks Hand umklammernd. Mein Gott, es stimmte also wirklich. Das Feuer war tatsächlich ausgebrochen, so wie Lorenzo und Malik es vorhergesagt hatten. Hoffentlich schafften sie es noch, hier rauszukommen! Der Brandgeruch wurde stärker, der beißende Qualm immer dichter. Ihre Augen tränten, sie konnte kaum noch atmen. Für einen Moment blieb sie von Husten geschüttelt stehen.

Und dann war Malik plötzlich nicht mehr da. Sie musste ihn losgelassen haben. Wie ein Stück Treibholz im Meer war er von der Menge mitgerissen worden. »Malik?!« Suchend tastete sie sich in dem rauchgeschwängerten Gang vorwärts. »Maaalik!« Wo war er nur? Wo war Lorenzo? Keinen Meter weit konnte man noch sehen.

»Emily?« Das war Maliks verängstigte Stimme!

Jetzt entdeckte sie ihn. Weinend stand er am unteren Ende der Treppe und sah sich suchend um. Mit wenigen Schritten war sie bei ihm. »Hier bin ich. Komm schnell!« Schon schob sie ihn die Treppen hoch, nur weg von dem Rauch, der von unten hochstieg.

Dann waren sie an Deck. Frische Luft strömte ihnen entgegen und Emily atmete tief durch. Überall drängten sich die verängstigten Menschen. Stewards versuchten, Ordnung zu schaffen, Matrosen bereiteten die Gangways vor, eine Durchsage des Kapitäns schallte aus den Lautsprechern. »Ruhe bewahren, bitte bewahren Sie Ruhe! Es ist Zeit genug, dass alle das Schiff verlassen können. Das Feuer ist unter Kontrolle. Frauen und Kinder zuerst!«

Fährschiffe fuhren mit qualmenden Schornsteinen auf den *Imperator* zu und legten an der Seite an, genauso wie Feuerwehrboote, auf denen eilig Schläuche ausgerollt wurden. An die Reling gepresst beobachteten Emily und Malik, wie auf dem Kai Polizeiautos heranknatterten und Feuerwehrwagen mit lautem Sirenengeheul anhielten. Wie altmodisch die Wagen aussahen! Fast, als wären sie nur Spielzeug. Wie wollten die damit ein brennendes Schiff löschen?

Der Kapitän hatte nicht die Wahrheit gesagt. Der Brand schwelte noch im Bug, wo er von der Mannschaft unter Lebensgefahr bekämpft wurde. Aber immerhin breitete sich das Feuer nicht weiter aus und die Menschen an Deck hielten sich an die Anweisungen der Besatzung. Niemand wurde ins Wasser geschubst, keiner in der Enge zerquetscht, nicht ein einziger der Auswanderer kam zu Schaden. Eilig, aber ohne Panik wurden zunächst die Frauen und Kinder und danach auch die Männer über die Gangways geleitet.

Emily wollte nicht ohne Lorenzo von Bord. Immer wieder blieb sie stehen und schaute sich suchend um. Doch Malik und sie wurden weitergeschoben und die Matrosen packten sie einfach um die Hüfte und hoben sie auf die Gangway.

Nach und nach versammelten sich Tausende von Menschen an Land. Auch die Passagiere der dritten Klasse, deren Kabinen sich hinten im Heck des Schiffes befanden, hatten den *Imperator* verlassen. Immer noch mit Malik an der Hand zwängte sich Emily suchend durch die Menge. Wo waren denn nur Lorenzo und Willi? Als die Nachricht durchsickerte, dass zwei Matrosen beim Versuch, das Feuer zu löschen, eine Rauchvergiftung erlitten hatten, packte sie erneut die Angst. Hoffentlich war ihren Freunden nicht doch noch etwas passiert.

Plötzlich blieb Malik abrupt stehen und fasste sich mit beiden Händen an den Kopf. Er schaute sie ungläubig an. »Mensch, Emily«, flüsterte er mit heiserer Stimme. »Kuck doch mal: Wir sind an Land … Wir sind tatsächlich runter von dem Schiff. Dieses Mal haben wir es geschafft!«

Teil 2
New York

Der Unterschied zwischen Vergangenheit,
Gegenwart und Zukunft ist eine Illusion,
wenn auch eine sehr hartnäckige.

Albert Einstein

15

»Stop! Stay behind!« Ein Polizist hielt Emily am Arm fest. Erschrocken drehte sie sich um. Was war denn hier los? Erst jetzt nahm sie all die Männer in Uniform wahr, die den Kai mit den Tausenden Menschen bewachten. Sie waren von Polizisten umzingelt, die ihre Pistolen auf die aufgebrachten Leute richteten!

Der Polizist ließ sie los, aber seine Miene verhieß nichts Gutes. »Don't go further!«, befahl er. »You have to be checked by the immigration office.«

»Okay, okay«, beeilte sich Emily zu antworten.

»Was soll das, Emily?«, fragte Malik verängstigt. »Wollen die schießen? Wir haben doch nichts getan.«

»Ich weiß nicht, Malik. Wir sollen stehen bleiben. Ich glaube, wir müssen noch zur Einwanderungsbehörde. Ganz ruhig, dann werden sie uns schon nichts tun.« Sie wandte den Blick ab, um nicht in die bedrohlichen Pistolenläufe sehen zu müssen.

Da entdeckte sie Lorenzos Lockenkopf in der Menge und jetzt schlängelte er sich auch schon freudestrahlend zu ihnen durch. Überglücklich umarmten sich die drei.

»Gott sei Dank bist du da, Lorenzo! Ich hab mir schon solche Sorgen gemacht. Hast du Willi gesehen?«, fragte Emily.

»Nein. Aber vielleicht ist er ja schon mit seiner Familie auf einem der Fährboote, die die Leute nach Ellis Island bringen.« Lorenzo zeigte zu dem Inselchen hinüber, das »Insel der Hoffnung« genannt wurde – oder auch »Insel der Tränen«, denn in dem mächtigen Gebäude dort prüfte die Einwanderungsbehörde, wer in die USA einreisen durfte und wer nicht. »Die sollen verhindern, dass irgendjemand abhaut, bevor er seine Einreiseerlaubnis bekommen hat«, erklärte er mit einem Blick auf die bewaffneten Polizisten und Zollbeamten. »Wer keine Erlaubnis kriegt, muss mit dem nächsten Schiff wieder zurück nach Europa.«

Malik zupfte ihn am Ärmel. »Und wir? Was werden sie mit uns machen, wenn sie uns nicht reinlassen? Wohin wollen sie uns denn zurückschicken, Lorenzo?«

Stumm schauten sie einander an und die Ratlosigkeit spiegelte sich in ihren Augen. Ja, sie waren nicht wieder an Bord des *Imperators* gelandet – und das war großartig. Aber wie würden sie wieder nach Hause kommen, zurück in die Zukunft?! Was geschah jetzt mit ihnen um alles in der Welt?

Lorenzo war der Erste, der sich von dem dumpfen Schrecken erholt hatte, der sie alle drei gepackt hatte. »Hey«, sagte er und stupste Malik sanft in die Seite. »Wir sind doch auf dem richtigen Weg. Zum ersten Mal sind wir ein Stück weitergekommen.«

Malik stampfte trotzig mit dem Fuß auf. »Das stimmt. Wir sind endlich runter von dem ollen Schiff!«

»Ja, weil ihr die Passagiere rechtzeitig geweckt habt.« Lorenzo klopfte ihm auf die Schulter. »Ihr habt einigen Menschen das Leben gerettet!«

»Wir alle zusammen, wir fünf«, betonte Emily.

Wie aufs Stichwort stand auf einmal Willi vor ihnen. »Hab mir noch mal wegjeschummelt, um Adieu zu sajen. Ick muss auf die Fähre zur Insel. Mir ham se schon 'ne Nummer anjeklebt.« Er beugte den Kopf, um auf seine Jacke zu deuten, an der ein Zettel festgemacht war.

»Wilhelm Schuhmacher / *Imperator*«, las Emily vor.

»Falls ick verjesse, wer ick bin.« Willi grinste. »Aber is det nich 'ne Wucht, det wir det jeschafft ham?« Sein Blick ging über die Menschenmenge.

Jetzt zeigte Malik auf einen Mann, der sich ein paar Meter von ihnen entfernt seinen Weg zu einem der Polizisten bahnte. »Kuckt mal, der da mit den krausen Haaren.«

»Was ist mit dem?«, fragte Emily, der der Mann irgendwie bekannt vorkam.

»Er lebt! Und letztes Mal …« Malik schluckte. »Letztes Mal hab ich ihn auf der Gangway gesehen, wo alle so gedrängelt und geschrien haben, und da ist er runtergeschubst worden und mit dem Kopf auf die Mauer geknallt!«

»Stimmt«, flüsterte Lorenzo. »Ich hab ihn auch gesehen. Er hat seine Aktentasche umklammert, anstatt sich festzuhalten, und dann ist er gestürzt. Sie haben ihn aus dem Wasser gezogen, aber er hat nicht mehr gelebt. Mit nassen Haaren sah er ganz anders aus.« Er starrte zu dem Mann hinüber und schüttelte ungläubig den Kopf. »Jetzt erkenne ich ihn. Die Locken und der Schnauzbart … Wisst ihr, wer das ist?«

Die anderen sahen ihn erwartungsvoll an.

»Das ist Einstein. Der berühmte Albert Einstein!«

»Echt? Deshalb kommt er mir bekannt vor.« Emily nickte.

Papa hatte ihr mal ein Foto gezeigt, wo Einstein den Leuten die Zunge rausstreckte. Aber deswegen war er ja wohl nicht berühmt geworden, oder? Hatte er nicht irgendetwas Tolles erfunden?

Während sie beobachteten, wie der Mann auf einen der Polizisten einredete, erzählte Lorenzo den anderen, was er über Albert Einstein wusste. »Manche sagen, er war das größte Genie aller Zeiten. Er hat die Relativitätstheorie entwickelt und den Nobelpreis bekommen. Um zu kapieren, was er erforscht hat, muss man selbst ein Genie sein. Auf jeden Fall geht es um Raum und Zeit und Materie und darum, dass nichts davon absolut ist.«

»Aha«, machte Malik.

»Ick jedenfalls kapier nüscht.« Willi kratzte sich hinterm Ohr. »Aber ick hab die Type ooch schon jesehen. Als ick mir mal inne dritte Klasse jeschlichen hab, da hat er an'n Esstisch jesessen und jeschrieben. Een Papier nach 'm anderen hat er volljekritzelt. Ick dachte, der schreibt 'n Buch. Wenn ick jroß bin, will ick ooch Bücher schreiben ... Ick will ...« Er brach ab. »Oh nee, der Fritze schon wieder! Jetzt aber nüscht wie los!« Mit zerknirschtem Gesicht winkte er seinem Bruder zu und schon lief er davon, so schnell es im Gedränge ging.

»Vielleicht sehen wir uns ja auf Ellis Island!«, rief ihm Lorenzo hinterher. Dann drehte er sich zu den anderen um. Er sah nachdenklich aus. »Ich glaube, dieser Einstein hat bewiesen, dass die Zeit ganz anders tickt, als man gedacht hat. Die Zeit ist genauso relativ wie der Raum.«

»Welcher Raum?«, fragte Malik.

»Irgendeiner. Die Luft um uns ...« Lorenzo wedelte ungeduldig mit der Hand in der Luft herum, um dann weiterzureden. »Vielleicht hat er bewiesen, dass man theoretisch auch in der Zeit rückwärtsgehen kann … Ich weiß es nicht, aber ich … aber wir … Vielleicht …« Er versuchte, seine Gedanken zu fassen zu kriegen. Gedanken, die nicht mehr als eine verschwommene Ahnung waren. »Sag mal, Emily.« Jetzt schaute er sie so prüfend an, als wäre ihre Antwort von großer Bedeutung. »Du bist doch in der Nacht zu deinem Geburtstag verschwunden, nicht wahr? Welches Datum war das?«

»Der 28. Februar 2020. Ich hätte endlich mal wirklich an meinem Geburtstag feiern können, am 29.! Ich bin ja an einem Schalttag geboren, was blöd ist, weil man eigentlich nur alle vier Jahre Geburtstag hat.«

»Ich auch!«, krähte Malik.

Lorenzo nickte. »Ja, und ich ebenfalls. Wir sind alle drei an einem Schalttag geboren. Und verschwunden.«

Emily wurde mit einem Mal ganz komisch zumute. »Das wusste ich nicht, Lorenzo. Das kann doch kein Zufall sein, oder?«

»Nein, aber ich versteh's einfach nicht. Es ist gerade so, als wären wir in ein Zeitloch gefallen.« Er schaute wieder zu dem berühmten Physiker hinüber. »Also wenn uns jemand helfen kann, das zu verstehen, dann dieser Mann da drüben. Kommt!«

Lorenzo voran schoben sie sich durch die Menge. Als sie nur noch wenige Meter von Einstein entfernt waren, sahen sie, dass die Polizisten eine Lücke für ihn freihielten. Sie ließen ihn auf die andere Seite der Absperrung. Kaum war er hindurchgeschlüpft, schlossen sich die Reihen wieder.

»Der darf raus!«, rief Malik.

Sie beobachteten, wie Einstein überschwänglich von einem vornehmen älteren Herrn begrüßt wurde. Er nahm ihm den Koffer ab, aber seine Aktentasche wollte ihm Einstein nicht überlassen. Emily schnappte ein paar Sätze auf, die der Mann auf Deutsch sagte. Offenbar wunderte er sich, dass der berühmte Professor nur dritte Klasse gereist war, wo ihm die Universität doch auch Luxusklasse bezahlt hätte.

»Hast du gehört, was Einstein geantwortet hat?«, fragte Emily Lorenzo. »Er hat gesagt, dass er lieber in der dritten Klasse in Ruhe hatte arbeiten wollen, anstatt die ganze Fahrt über von eingebildeten Wichtigtuern gestört zu werden. Na, wenn er Ernas Papá in die Hände gefallen wäre, hätte er sicher nicht viel arbeiten können.«

Doch Lorenzo hörte ihr gar nicht zu. Als er sah, dass die beiden Männer offensichtlich zu einem der parkenden Autos gehen wollten, drängelte er sich zur Absperrung. »Halt, warten Sie bitte! Herr Einstein, ich muss Sie dringend sprechen! Halt!«

Die Männer, die ins Gespräch vertieft waren, reagierten nicht. Bei all dem Geschrei, das ringsum herrschte, hatten sie die verzweifelten Rufe wohl gar nicht wahrgenommen.

»Albert Einstein, so warten Sie doch! Haaalt!« Lorenzo versuchte, an einem Polizisten vorbeizukommen, der ihn schimpfend festhielt.

»Stay where you are, boy!«, bellte ihn der Wachmann an und packte ihn noch fester.

»Ich muss hier raus!« Lorenzo wehrte sich und schrie. Enttäuscht sah er den beiden Männern hinterher. »Albert Einstein!«, rief er noch ein letztes Mal vergeblich.

Während die Männer in den Wagen stiegen und der Chauffeur losfuhr, zog Emily den wütenden Lorenzo ein Stück zur Seite. »Mach bloß keinen Stress«, sagte sie leise. »Diese Polizisten sehen ziemlich unfreundlich aus. Kuck mal, die Leute stellen sich alle bei den Fähren an. Wir sollten auch zusehen, dass wir hier endlich wegkommen.«

»Ja, das sollten wir«, antwortete Lorenzo. Aber er blieb wie versteinert stehen, die Hände zu Fäusten geballt, und starrte zu der Straße hinüber, auf der das altmodische Auto davonrollte. »Das wäre unsere Chance gewesen«, murmelte er.

16

Sie hatten keine Zeit, lange zu grübeln und zu hadern. Ein uniformierter Mann schob sich durch die Menge, um den Leuten einen Zettel anzuheften, wie ihn auch Willi schon an der Jacke gehabt hatte. Er trug eng beschriebene Passagierlisten mit sich und fragte jeden nach dem Namen. Wer ihm nicht gleich antwortete, wurde angeschnauzt.

»Wir stehen ja gar nicht auf der Liste«, flüsterte Emily Lorenzo zu. »Was sollen wir denn sagen?« Erschrocken beobachtete sie, wie der Beamte immer näher kam. »Oder meinst du, sie lassen uns trotzdem gehen?«

»Na, sicher. Wahrscheinlich rufen sie uns sogar ein Taxi«, spottete Lorenzo.

Doch da stand der Beamte schon vor ihnen. »Your name? German? Deutsch?« Er sah sie auffordernd an. »Where are your parents?«

»No parents, keine Eltern. We are alone«, stammelte Emily.

»Your names then!«, drängelte der Mann und hielt ihnen die Passagierlisten unter die Nasen.

»Emily, Malik and Lorenzo«, antwortete Lorenzo jetzt hastig.

»Family name?«

Der Nachname? Irgendetwas mussten sie nun sagen, sonst gab es Ärger. »Schmidt«, platzte Lorenzo heraus. »Wir heißen Schmidt.«

Der Beamte begann in seinen Zetteln zu blättern. »Shmitt, Shmitt«, murmelte er. In seinen Listen gab es unglaublich viele Namen dieser Art. Schmidt, Schmitt, Schmied, Smit, Smith ... Lorenzo hatte sich genau das Richtige ausgesucht, um den Mann auf die Palme zu bringen. »How do you spell it?«, herrschte er Lorenzo an. Als Lorenzo begann, auf Deutsch zu buchstabieren, drückte er ihm ungeduldig einen Stift in die Hand. »Here, write it yourself«, sagte er.

Puh, was für ein Glück, dass der Mann durch das Chaos so überfordert war. Erleichtert füllte Lorenzo die drei Kärtchen aus.

Und so saßen sie eine halbe Stunde später auf einem überfüllten Fährboot, ihre falschen Nachnamen sowie den Namen des Schiffes, mit dem sie gekommen waren, an der Brust. Aufgedreht kommentierte Malik, was es alles zu sehen gab. Die Freiheitsstatue, die vielen Boote auf dem Hudson, die unterwegs nach Ellis Island waren ... Lorenzo und Emily dagegen sagten kein Wort, bis sie bei der Insel ankamen. Sie waren genauso schweigsam vor Anspannung wie viele der Leute um sie herum.

Inmitten all der mit Koffern, Säcken und Körben beladenen Menschen gingen sie auf das große Backsteingebäude der Einwanderungsbehörde zu. Weil sie selbst kein Gepäck hatten, halfen sie einer alten Frau, ihre Sachen zu tragen. Sie war kaum größer als ein Meter fünfzig und ihr Lederkoffer reichte ihr fast bis zur Hüfte.

Als sie Lorenzos finsteres Gesicht sah, lächelte sie ihm freundlich zu. »Mach dir mal keine Sorgen«, sagte sie. »Du bist jung und gesund und kannst arbeiten. Aber ich, ich bin doch nur 'ne Last für die hier in der neuen Welt.« Sie seufzte.

»Warum sind Sie denn überhaupt weg von zu Hause?«, fragte Malik die Frau.

Da seufzte sie noch einmal. »Weil ich nicht mehr wusste, wie ich da überleben sollte, Junge. Meine Söhne sind schon seit einem Jahr in New Haven, wo es gute Arbeit gibt. Sie haben gespart und mir die Fahrkarte bezahlt. Sie wollten mich nicht alleine zurücklassen.«

Einweiser zeigten ihnen, wo es langging, und schickten sie eine steile Treppe hoch zum Registrierraum. Auf dem Weg nach oben wurden sie genau beobachtet, ob sie Schwäche zeigten, schlecht Luft bekamen oder eindeutig krank waren. Emily bemerkte, wie die alte Frau sich zusammenriss, um nicht vor Anstrengung zu schnaufen. Sie hakte sich bei ihr unter und half ihr unauffällig die Treppe hoch. Neben ihnen humpelte ein klapperdürrer Mann, der schrecklich hustete und schon nach wenigen Stufen schwankte. Emilys Herz zog sich zusammen, als er von einem Beamten aus der Menge geholt wurde. Er brach in lautes Jammern aus und seine Frau hängte sich weinend an den Arm des Beamten. Aber es half nichts. Der Mann wurde abgeführt, als wäre er ein Verbrecher.

»Das ist ja furchtbar hier«, raunte Malik und hielt Lorenzos und Emilys Hände fest umklammert.

Oben angekommen wurden sie von einem Arzt gemustert, der sie schnell als gesund einstufte und durchwinkte. Aber sie mussten mit ansehen, wie er einen Jungen mit rot entzündeten

Augen von seiner entsetzten Familie trennte. Einen Jungen, der kaum älter als Emily war.

»Wo bringen sie ihn denn hin?«, stammelte Malik käsebleich. Emily und Lorenzo konnten nur ratlos den Kopf schütteln.

Einer der Wartenden erklärte ihnen flüsternd, dass der Junge noch mal gründlicher untersucht würde. »Wenn er ernsthaft krank ist und älter als zwölf, schicken sie ihn zurück«, sagte der Mann. Die drei sahen ihn ungläubig an. Ganz alleine zurück, während der Rest der Familie in Amerika blieb? Das war ja entsetzlich!

Schließlich gelangten sie in die Wartehalle, wo schon unzählige Einwanderer saßen. Das Stimmengewirr, das Schreien der Babys, das Weinen der Menschen, die von ihren Angehörigen getrennt worden waren, das alles ergab einen unglaublichen Lärm. Sie wurden zu einem der umgitterten Abteile gebracht, wo sie schließlich dicht nebeneinander auf Holzbänken hockten. Hier sollten sie warten, bis sie nach vorne zum Schalter gehen durften, um von einem Einreisebeamten ausgefragt zu werden.

Stundenlang saßen sie in diesem Käfig wie die Hühner in einer Legebatterie. Es war schwer, ruhig zu bleiben, so hungrig und durstig, wie sie waren. Wenn ihnen nicht die kleine alte Frau ein paar verschrumpelte Äpfel gegeben hätte, wäre es noch schlimmer gewesen. Emily hatte auf einmal Bilder im Kopf, die sie im Fernsehen gesehen hatte, in der Tagesschau, zu Hause mit Mama und Papa. Bilder von Menschen, die nach Europa wollten und die auch auf einer Insel hinter Zäunen festgehalten wurden, irgendwo im Mittelmeer. Tausende, genau wie hier, nur dass die Leute in dem Fernsehbericht schon seit Monaten warteten.

Plötzlich fiel ihr etwas auf: Alle Menschen hielten Papiere in den Händen, die sie dann am Schalter vorzeigten. Flüsternd machte sie Lorenzo darauf aufmerksam.

»Ausweispapiere! Verdammt!«, stöhnte er. »Natürlich, Emily, die Leute zeigen ihr Visum und ihren Pass oder was immer man als Einwanderer dabeihaben muss! Und wir, wir haben nichts! Keine Ausweise, keine Pässe.« Nervös schaute er zu dem Beamten hinüber. »Was machen wir denn jetzt?«

Emily knabberte hilflos an ihrem Daumennagel. Sie war kurz davor, loszuweinen. Wie war sie nur in diesen ganzen Schlamassel hineingeraten? Konnte sie nicht einfach mit den Fingern schnipsen und der schreckliche Spuk war vorbei? Plötzlich hatte sie eine solche Sehnsucht nach ihrem alten Leben, dass ihr die Tränen nur so über die Wangen liefen.

Da beugte sich die Frau zu ihnen herüber. »Wo sind denn eigentlich eure Eltern?«, fragte sie und streichelte liebevoll Emilys Hand.

Wie schwer fiel es Emily, der netten alten Dame nicht die Wahrheit zu erzählen! Aber ein warnender Blick von Lorenzo genügte und sie behielt ihre Geschichte für sich.

»Unser Onkel in New York nimmt uns auf, er erwartet uns in Manhattan«, sagte Lorenzo hastig. »Wir sind ... wir sind Waisenkinder.«

»Ihr Ärmsten«, seufzte die Frau. »Und was ist mit euren Papieren passiert? Habe ich richtig gehört, dass ihr keine Ausweise habt?«

»Ja, richtig«, antwortete Lorenzo. »Wir haben keine, weil ...

also …« Er stockte. »Weil unser Koffer nämlich ins Wasser gefallen ist, heute Morgen, als so ein Durcheinander war, wegen des Feuers. Deswegen haben wir kein Gepäck mehr.«

Emily bekam den Mund nicht mehr zu vor Staunen. Es war einfach unglaublich, wie schnell Lorenzo immer wieder eine Ausrede einfiel.

»Du liebe Güte«, sagte die Frau. »Habt ihr denn wenigstens Geld? Ohne ein bisschen Geld lassen sie niemanden rein.«

»Geld?« Lorenzo kräuselte die Stirn. »Das ist alles weg. Eigentlich hatten wir …« Doch noch ehe er weiterlügen konnte, kam Bewegung in ihre Reihe und Lorenzo wurde zum Schalter gerufen. Hastig nahm er Malik und Emily an die Hand und sie gingen nach vorne, wo ein sehr erschöpft aussehender Beamter sie prüfend anschaute. Vor allem die dreckigen nackten Füße der Jungs beäugte er missbilligend.

»Doitsch?«, fragte er. Als Lorenzo nickte, winkte er einen Dolmetscher heran, der ebenfalls ziemlich müde wirkte. Lorenzo servierte ihnen seine gerade ausgedachte Geschichte und der Beamte seufzte genervt. Der Dolmetscher erklärte ihnen, dass sie nicht die Ersten an diesem Tag seien, die aufgrund des Feuers auf dem *Imperator* ohne alles dastanden. Ein grässliches Durcheinander sei das. Er legte ihnen ein Formular hin, das sie ausfüllen sollten.

Hastig rechnete Lorenzo passende Geburtsdaten aus und trug ihre falschen Nachnamen ein. Als letzten Wohnort gab er seine Straße in Hamburg an. Bei der Frage, wo sie in den USA wohnen würden, wurde er jedoch kribbelig. Er konnte sich doch nicht irgendeine Adresse ausdenken, die es womöglich gar nicht gab, oder?

»Die Adresse?«, fragend schaute er Emily an, in der Hoffnung, dass ihr vielleicht ein Straßenname einfiel.

Auf einmal stand die alte Frau neben ihnen. Als der Dolmetscher sie anwies zu warten, bis sie an der Reihe sei, redete sie einfach drauflos. »Ich bin die Großmutter. Amerika bekommt drei wunderbare neue Staatsbürger, die ihrer neuen Heimat alle Ehre erweisen werden. Es sind wirklich besonders anständige, gottesfürchtige Kinder ...« Sie schnatterte so schnell, dass der Dolmetscher gar nicht mehr mitkam zu übersetzen. Als sie zum dritten Mal erzählte, dass das Geld und die Ausweise der armen Kinder mitsamt dem Gepäck im Hudson gelandet seien, befahl ihr der Beamte zu schweigen. »Die Adresse?«, wiederholte er nur matt.

»Manhattan, Grand Street vier«, sagte die Frau resolut. Sie legte ein paar Dollarscheine auf den Tresen. »Hier. Das reicht für das Fährticket nach Manhattan.«

Der Beamte warf einen prüfenden Blick auf das Geld, bevor er es der alten Frau zurückgab. Und dann ging es auf einmal unerwartet schnell. Sie bekamen ihre Einreiseerlaubnis in die Hände gedrückt und der Beamte machte eine Bewegung, als wollte er lästige Fliegen verscheuchen.

»Wartet draußen auf eure Großmutter«, sagte der Dolmetscher. Während die Frau ebenfalls einen Fragebogen bekam, wurden sie in den nächsten Raum geschoben. »Push to New York« stand auf der Tür, die sich jetzt für sie öffnete. Sie hatten es geschafft! Sie durften Ellis Island verlassen und das nächste Fährboot nach New York nehmen.

Stumm standen sie nebeneinander am Kai und schauten zu den Hochhäusern von Manhattan hinüber.

17

Während Emily und Malik auf die alte Frau warteten, sah sich Lorenzo um, ob er vielleicht Willi irgendwo entdeckte. Er hatte die UNO-Karten dabei, die Malik Willi unbedingt noch schenken wollte. Als Emily die Hand in die Tasche ihres Kleides steckte, entdeckte sie einen Apfel. Den musste ihr die Frau noch schnell zugesteckt haben. Vor Rührung musste sie beinahe schon wieder weinen.

»Kuck, da ist sie, Emily.« Malik stupste sie an, und schon liefen sie beide los, um ihr mit dem schweren Koffer zu helfen. Und natürlich, um sich überschwänglich bei ihr zu bedanken!

»Tja, das Flunkern ist mir nicht gerade leichtgefallen. Aber für euch habe ich es gerne getan.« Die alte Frau lächelte über das ganze runzlige Gesicht. Emily konnte ihr gar nicht in die Augen schauen, weil sie doch selbst ständig flunkerte. Aber was sollten sie denn auch machen, in ihrer Situation ...?

In diesem Moment kam jemand auf sie zugerannt. Ein kleines Mädchen mit langen Zöpfen, das erfreut winkte. Emily überlegte, woher sie das Mädchen kannte.

»Ich bin's doch, die Hertha«, sagte die Kleine, als sie vor ihnen stand. »Und das dahinten sind meine Eltern und Heinz.« Sie zeigte auf eine Familie, die mit all ihrem Gepäck am Kai stand.

Emily lachte. Natürlich, das war das Mädchen, das ihr in der ersten Nacht geholfen hatte, den Weg in die Luxusklasse zu finden. Wie schön, sie wiederzusehen!

Aufgeregt plapperte Hertha drauflos. »Ich hab solches Heimweh gehabt, die ganze Reise über. Und dann haben wir auch noch Bärbel vergessen, weil wir uns so beeilen mussten. Wegen des Feuers! Und nun fährt sie mutterseelenallein wieder nach Hamburg, die Ärmste.«

Erschrocken schauten Malik und Emily zu Herthas Eltern hinüber. Hatten sie etwa eins ihrer Kinder zurücklassen müssen?

Da redete Hertha schon weiter: »Die Bärbel war die Einzige, die ich mitnehmen durfte. Ich hab zu Hause noch zwei Puppen, die Liesel und den Peter.« Sie zog die Nase hoch, doch dann lächelte sie tapfer. »Aber jetzt sind wir in Amerika und Vati meint, da wird es uns gut gehen. Wir fahren gleich mit dem Zug nach Detroit, wo sie Leute für die Automobilfabrik suchen.«

Außer Atem gab sie allen dreien die Hand und machte einen höflichen Knicks. »Goodbye. Mutti hat gesagt, ich darf nur kurz auf Wiedersehen sagen. Goodbye, das ist Amerikanisch, das lern ich jetzt!« Und schon hüpfte sie wieder davon.

Kurz darauf tauchte auch Lorenzo auf, Seite an Seite mit Willi, der seine große Familie im Schlepptau hatte. Vater, Mutter und vier Brüder, alle mit den gleichen runden Köpfen und Segelohren wie Willi. Sie waren ganz aufgeregt, weil Otto, der Zweitälteste, ins Krankenzimmer geschickt worden war. Erst nach einer Stunde hatten ihn die Ärzte gehen lassen.

»Der Kerl is so blöd, wie er lang is«, schimpfte der Vater und haute seinem Sohn mit der flachen Hand auf den Hinterkopf.

»Hat lauter Faxen jemacht, als wir die Treppe hoch sind. So dämlich rumjezappelt hat er, dass se ihm 'n X auf die Schulter jemalt ham, als wir oben jestanden ham. Und det heeßt nämlich, Verdacht auf Jeisteskrankheit!«

»Ha'm se ja auch recht mit«, sagte Fritze, der Älteste. »Der is ja auch wirklich bekloppt.«

Jetzt mischte sich die Mutter ein. Sie hatte immer noch ganz wackelige Knie, weil sie sich solche Sorgen um Otto gemacht hatte. Nein, sie wollte absolut keine Witze mehr darüber hören.

Lorenzo übernahm es, alle miteinander bekannt zu machen, und es gab ein großes Händeschütteln. Allen strömte das Glück, endlich in Amerika zu sein, nur so aus sämtlichen Knopflöchern. Die alte Frau war erleichtert zu erfahren, dass Willis Familie nach Manhattan fuhr. Da mussten die drei Waisenkinder nicht mehr alleine unterwegs sein. Sie selbst würde direkt zu ihren Söhnen nach New Haven reisen.

»Ich hoffe, dass ihr euch bei eurem Onkel wohlfühlt«, sagte sie zu Emily – die natürlich gleich wieder ein schlechtes Gewissen wegen ihrer Lügereien bekam.

Willis Vater erzählte, dass ihnen ein Freund eine Wohnung am Tompkinsplatz in Kleindeutschland vermittelt hatte, *Little Germany*. »Zwee Zimmer und 'ne Küche! Und 'n Klosett nur für uns!«, sagte er. »Ick freu mir wie Bolle auf 'n Milchwagen.«

»Kleindeutschland?«, fragte Emily. »Dann gibt's das also wirklich?«

Die alte Frau schüttelte betrübt den Kopf. »Das hat es gegeben, mein Kind. Es muss schön gewesen sein, eine richtige deutsche Stadt, über fünfzigtausend Menschen. Aber das ist seit ein paar Jahren vorbei.«

»Wat? Dat jibt det nich mehr?«, rief Willis Mutter bestürzt. »Und wat is mit unsere Wohnung?«

Jetzt erzählte ihnen die Frau, dass es ein furchtbares Schiffsunglück gegeben hatte. Eine Katastrophe, bei der mehr als tausend Menschen der deutschen Gemeinde ums Leben gekommen waren – verbrannt oder ertrunken, weil im Bug eines Ausflugsschiffs ein Feuer ausgebrochen war. »Fast in jeder Familie hat es Tote gegeben und danach wollten viele nicht mehr dort wohnen bleiben«, sagte sie. »Kleindeutschland hat sich aufgelöst.«

»Ein Feuer? Im Bug des Schiffes?«, stotterte Lorenzo.

»Ja.« Die alte Frau zitterte plötzlich. »Deswegen habe ich ja so eine Angst gehabt, als heute Morgen auf dem *Imperator* das Feuer ausgebrochen ist«, sagte sie leise. Sie rieb sich mit den Händen übers Gesicht, als wollte sie die Erinnerung an die Ereignisse wegwischen. »Aber zum Glück war ich schon nicht mehr unten im Schlafraum. Wir waren ja bereits alle an Deck. Sonst hätte ich es nie im Leben geschafft.«

»Ja, von wejen dem Extrafrühstück, wa?« Willi strahlte vor Stolz. »Det war icke! Det war meine Idee!«

»Nu spinnt der ooch noch«, stöhnte Fritze. Und zack, hatte sich auch Willi einen Schlag auf den Hinterkopf eingefangen, sodass ihm die Schiebermütze vom Kopf flog. Willi boxte zurück und Otto riss jetzt Fritze die Mütze weg. Doch noch ehe sie sich alle richtig kloppen konnten, griff der Vater ein. Zack, zack, zack, zack hatten alle fünf Brüder eine saftige Ohrfeige sitzen, auch Erni, der Kleinste, der überhaupt nichts gemacht hatte.

Emily, Malik und Lorenzo guckten ganz erschrocken. Doch

die Jungs rieben sich nur die Wange. Dann stritten sie sich lachend weiter, bis das Tuten der Schiffssirene ertönte. Das Fährboot nach Manhattan war da und die Menge der Wartenden geriet in Bewegung. Nur nicht jetzt noch das Boot verpassen, nur nicht noch länger auf Ellis Island bleiben müssen!

Emily umarmte die alte Frau zum Abschied und dann bestiegen sie zusammen mit Willi und seiner Familie die Fähre. »Aufjepasst, die Schuhmachers kommen!«, rief Fritze, als das Boot ablegte. Alle johlten und warfen ihre Mützen in die Luft. Auch Emily war auf einmal ganz aufgeregt, inmitten ihrer neuen Freunde auf New York zuzuschippern. Und für einen Moment wurden ihr Heimweh, ihre Sorgen und ihre Sehnsucht nach den Eltern von der Seeluft weggepustet.

18

Als sie im Hafen von Manhattan an Land gingen, wanderten Emilys Gedanken wieder zu ihrem Vater. War der inzwischen auch in New York? Sicher war er total verzweifelt, weil sie immer noch verschwunden war. Was hatte er wohl Mama gesagt? Unwillkürlich schaute sie sich in alle Richtungen um, ob er vielleicht nicht doch hier am Kai auf sie wartete.

»Na, Emilyken, suchste euern Onkel?«, fragte Willis Mutter mitleidig. Sie hielt Erni, der aufgeregt herumzappelte, fest an der Hand, damit er ihr nicht im Gewühl abhanden kam.

»Nein ... ja ... doch«, stotterte Emily, die wieder einmal überfordert mit der Situation war.

Lorenzo fiel es wie immer leichter, sich schnell etwas auszudenken. »Hoffentlich kommt er überhaupt«, sagte er. »In seinem letzten Brief hat er geschrieben, dass er krank ist.«

»Ach, Jott oh Jott«, meinte Mutter Schuhmacher. »Dann warten wir ma lieber mit euch. Det jeht ja nich, det ihr Jören hier alleene rumlooft. Det is hier ja een Jewusel, da weeste ja nich, wie du vorwärtskommst.«

Stumm sahen sie zu, wie immer wieder Fähren anlegten, Menschen einander überschwänglich begrüßten, wie Zeitungsjungen die neuesten Nachrichten herausschrien, Automobile die Straße entlangknatterten und Pferdefuhrwerke anhielten, um Gepäck aufzuladen. Im Hintergrund türmten sich die Hochhäuser, aus denen einige wie Ausrufezeichen herausragten. Die untergehende Sonne ließ all die vielen Fensterscheiben im schönsten Rosa leuchten.

»Det is det Woolworth-Haus«, sagte Fritze stolz und zeigte auf einen der schönen Wolkenkratzer. »Det höchste Jebäude der Welt! Ha'm se jerade erst fertigjebaut.«

»Da hätte ick jerne mitjemacht. Det wär 'n Ding jewesen«, schwärmte Vater Schuhmacher. »Schade, det se schon fertig sind.«

Plötzlich griff Mutter Schuhmacher nach seinem Arm. »Nu kiek doch mal da, Friedrich, 'n Mohr!«

Die ganze Familie Schuhmacher, genauso wie viele andere Einwanderer, die frisch aus Ellis Island gekommen waren, starrten mit offenem Mund zu dem Mann hinüber. Es war ein Gepäckträger in Uniform, der seine Hilfe beim Transport der vielen Koffer anbot.

»Is det een echter Nejer?«, fragte Erni.

»Klar, wat 'n sonst, Eierkopp! Det is 'n Nejer.« Willi machte ein wichtiges Gesicht. »Die jibtet hier. Det sind hier die Einjeborenen.«

Malik stieß ihn mit dem Ellenbogen an. »Neger sagt man nicht!«

Willi guckte erstaunt. »Nee? Wat is er denn?«

Noch bevor Malik antworten konnte, mischte sich Lorenzo ein. »Das ist einfach ein Amerikaner, dessen Vorfahren aus Afrika stammen, ein Afroamerikaner eben. Habt ihr noch nie Menschen mit einer dunklen Hautfarbe gesehen?«

Die Schuhmachers schüttelten den Kopf. Nur Willis Vater nickte bedächtig. »Doch, hab ick«, sagte er. »Im Zoo war mal 'ne Ausstellung. Hat 'ne janze halbe Mark Eintritt jekostet.«

»Was?!«, schrie Emily entsetzt. »Eine Ausstellung von Menschen?!«

»Na ja, so welche von die Kolonien«, meinte der Vater.

»Was sind Kolonien?«, wollte Malik wissen.

Doch niemand hatte Zeit und Lust, ihm das zu erklären. Denn jetzt kamen zwei Uniformierte auf sie zu, die ein wenig ungeduldig wirkten. »Don't linger«, sagte der eine. »Take your luggage, please, and leave the pier. Or are there any problems?«

»No, no, officer«, antwortete Lorenzo schnell. »No problems. We were only watching because we just arrived.«

»Where are you heading for? Perhaps we can help you.«

Lorenzo stupste Vater Schuhmacher an. »Wie ist denn eure Adresse?«, fragte er ihn. »Der Polizist kann uns sagen, wie ihr da hinkommt.«

Die Schuhmachers hatten nicht erwartet, dass Lorenzo fließend Englisch sprach, und starrten ihn mit fast so großer Verblüffung an wie zuvor den Gepäckträger. Wortlos reichte der Vater ihm einen Zettel.

»Madison Street«, las der Polizist vor. »It's only a couple of stops by bus. Over there, the second one.« Er zeigte auf einen der vielen Busse, die auf der Hauptstraße zu sehen waren. Doppelstöcker, wo die Menschen oben wie auf einer Aussichtsplattform unter freiem Himmel saßen.

»Cool!«, rief Malik.

Erni zupfte Lorenzo am Hemdsärmel. »Det war Amerikanisch, wa?!«

Lorenzo war es peinlich, so bewundernd angeguckt zu werden. »Hab ich von meinem Onkel gelernt, als er uns besucht hat«, erklärte er hastig. »Also ehrlich, ihr müsst hier nicht mit uns warten«, sagte er dann und sah Mutter Schuhmacher an. »Wir kommen schon klar und ihr wollt doch sicher endlich eure neue Wohnung sehen.«

Doch die Eltern blieben dabei, dass sie die armen Waisenkinder nicht allein in der riesigen, fremden Stadt lassen konnten. Egal, wie überraschend gut Lorenzo auch Amerikanisch sprach. Es war immerhin schon spät am Abend, und wer weiß, was hier so alles für Gesindel unterwegs war? Sie bestanden darauf, dass zumindest Fritze die drei zum Haus ihres Onkels begleitete. Als Lorenzo damit rausrückte, dass sie die Adresse mitsamt ihrem Gepäck verloren hatten, schüttelte Willis Mutter den Kopf.

»'n Telefon hat der Onkel wohl nich, wa? Is ja sicher keen reicher Bonze. So ein Schlamassel«, sagte sie. »Denn kommt ihr mal hübsch mit uns mit. Wir ham ja zwee Zimmer und 'ne jroße Küche. Da passt ihr ooch noch mit rinne. Und morjen sehn wir weiter.«

Malik schlief schon fast im Stehen und die drei nahmen das Angebot nur allzu gerne an. So saßen also kurz darauf hoch oben auf dem Doppeldeckerbus nicht nur die Schuhmacherjungs, sondern auch Emily, Malik und Lorenzo, während die Eltern unten das Gepäck bewachten. Mit großen Augen gondelten die Kinder durch die Straßen und bestaunten die Stadt, in der sie sich ziemlich fremd fühlten – wenn auch aus unterschiedlichen Gründen.

19

Die Schuhmachers waren ganz gerührt, als sie schließlich in der Madison Street vor dem großen Häuserblock aus dunkelrotem Backstein standen.

Der Vater zeigte nach oben. »Da isset«, sagte er. »Fünfter Stock.«

»Allet Jute in der neuen Heimat, ihr Lieben.« Mutter Schuhmacher gab jedem ihrer fünf Söhne einen Kuss auf den Scheitel und die vermeintlichen Waisenkinder bekamen auch einen ab. »Auf jeht's!«

Gemeinsam schleppten sie die Koffer, Taschen und Stoffbündel die vielen Treppen hoch. Noch bevor sie alle oben angekommen waren, öffnete sich schon eine der Nachbarstüren. Eine Frau und ein Mann steckten die Köpfe zur Tür heraus. Beide strahlten wie die Sonne.

»Egon!« Vater Schuhmacher sprang auf den Mann zu, der ihm freudestrahlend entgegenkam, um ihn an sich zu drücken und ihm kräftig auf die Schulter zu schlagen.

Emily wusste inzwischen, dass dieser Egon der beste Kumpel von Vater Schuhmacher war. Sie hatten gemeinsam bei Siemens in der Fabrik gearbeitet und waren auch in ihrer Berliner Mietskaserne Nachbarn gewesen. Seit über einem Jahr hatte

Egon immer wieder geschrieben, wie großartig es sich in New York lebte. Eine Wohnung mit eigener Toilette nur für eine einzige Familie, Heizung in jedem Zimmer und jedes von Egons und Lisbeths vier Kindern hatte ein eigenes Bett!

Willi hatte ihnen davon erzählt, wie sie in Berlin gehaust hatten, und Emily, Lorenzo und Malik hatten ihm kaum glauben können. Zu siebt hatten sie in Kreuzberg in einem dunklen Zimmer gewohnt, in dem der Schimmel an den Wänden blühte. Im Sommer waren die Hitze und der Gestank kaum zu ertragen gewesen und im Winter waren sie halb erfroren. Einen Ofen hatte es nur in der Küche gegeben und dort hatte noch ein Schlafbursche übernachtet. Ein Mann, den sie aufgenommen hatten, um die Miete für das elende Loch bezahlen zu können. Die Toilette auf dem Hinterhof hatten sie sich mit allen Nachbarn teilen müssen. Wer es nicht rechtzeitig schaffte, weil besetzt war, der machte sein Geschäft eben auf den Hof. Aber da sich dort sowieso Müll und Unrat türmten, war das auch nicht mehr groß aufgefallen. »Nur, det eenem die Ratten um den Hintern springen, det is fies jewesen«, hatte Willi mit einem schiefen Grinsen gesagt.

»Aber warum seid ihr dann nicht woanders hingezogen?«, hatte Malik gefragt.

Willi hatte ihn ausgelacht. »Wohin denn, du Schlaukopp? Hat ja keene Wohnungen jejeben. Nur für die Pinkel mit 'n dicken Portemonnaie.«

Jetzt schloss Egon die Wohnung auf und die Familie Schuhmacher besichtigte ehrfürchtig ihr neues Zuhause. »Und schon Möbel drinne!« Mutter Schuhmacher umarmte Egon und Lisbeth voller Dankbarkeit. Die Schuhmacherjungs, die das eine

Zimmer bekamen, probierten sofort die beiden Etagenbetten aus. Eins war sogar dreistöckig, was Willi besonders schick fand. Er kletterte sofort nach ganz oben unter die Decke.

Das zweite Zimmer hatte eine Couch, auf der die Eltern schlafen würden, einen Schrank und einen Esstisch, auf dem ein zerfleddertes Buch lag: *Das Abc für den Deutschen in Amerika*. Und in der kleinen Küche gab es sogar einen Ventilator, der die Hitze dieses Augustabends zum Fenster hinauswedelte. Der reinste Luxus!

Während sich Lorenzo und Malik ihre völlig schwarzen Füße in einer Schüssel wuschen, holten die anderen noch ein paar Stühle aus der Nachbarwohnung. Und schließlich saßen sie zu zwölft um den Tisch herum. Es gab Sandwiches, Cookies und Zitronenlimonade, die Lisbeth zur Feier dieses ganz besonderen Tages schnell noch gemacht hatte. Und natürlich gab es so viel zu erzählen! Die Schuhmachers berichteten von ihrer wochenlangen Reise und dem Feuer auf dem *Imperator*. Und die Müllers schilderten ihr neues Leben in New York, wo Egon auf dem Bau arbeitete, genauso wie es auch Vater Schuhmacher vorhatte. Lisbeth verdiente ebenfalls ein paar Dollar im Monat, weil sie in der deutschen Bibliothek putzen ging. Meta, ihre Älteste, war ja schon acht. Die konnte prima auf die drei Kleinen aufpassen.

»Det is hier keen Schlaraffenland«, meinte sie. »Aber die kleenen Leute hier leben zehnmal besser als in det olle Berlin.« Sie machte ein wehmütiges Gesicht. »Heimweh hab ick trotzdem.«

»Jetzt sind wir ja hier! Det is ja schon det halbe Kreuzberg«, rief Willi und alle lachten.

Alle, bis auf Malik. Denn der war inzwischen eingeschlafen und mit dem Kopf einfach auf den Tisch geplumpst. Kein Wunder, es war weit nach Mitternacht.

In wenigen Minuten war die Couch für die drei Waisenkinder hergerichtet. Die Eltern Schuhmacher freuten sich darauf, die erste Nacht in der Fremde noch einmal das Zimmer mit ihren Jungs zu teilen. So wie sie es gewohnt waren.

»Is eh besser als so janz alleene«, sagte der kleine Ernst, der nach oben zu Willi ins Bett kletterte.

Als Emily zwischen Malik und Lorenzo auf der breiten Couch lag, musste sie Erni recht geben. Es war richtig gemütlich, nicht alleine zu schlafen. Vor allem, wenn man in der Fremde war. Sie musste an ihr Kinderzimmer in Hamburg denken, das bestimmt zweimal so groß war wie das Zimmerchen, in dem die fünf Schuhmacherbrüder jetzt wohnten. Aber noch bevor sie sich entschieden hatte, was ihr denn nun besser gefiel, schlief sie auch schon fast. So ein endlos langer Tag war das gewesen! Es war nicht zu glauben, was alles in einen einzigen Tag hineinpasste! Dieser Einstein hatte recht: Die Zeit tickte irgendwie anders, als man dachte.

20

Als Emily und Lorenzo aufwachten, schlief Malik immer noch wie ein Stein. Die Sonne schien ins Zimmer und Lorenzo hielt es nicht mehr im Bett aus. Er schaute in den angrenzenden Raum.

»Die können in aller Ruhe pennen«, meinte er zu Emily, als er die Tür wieder zugezogen hatte. »Die sind ja jetzt endlich angekommen, wo sie hinwollten. Aber wir …« Er ballte die Faust.

Emily stand am Fenster und schaute auf die Straße hinunter, wo ein paar Mädchen Kästchen aufs Pflaster gemalt hatten. Sie spielten dasselbe Hüpfspiel wie die Kinder auf dem *Imperator.* »Lorenzo«, sagte sie leise. »Und wenn wir nun für immer hierbleiben? Wenn wir nun tatsächlich Waisenkinder sind? Wenn wir ein völlig neues Leben anfangen müssen?« Sie lehnte die Stirn an die Fensterscheibe. »Ich hab jetzt erst begriffen, wie viele Menschen das machen. 1913 genauso wie heute. Also 2020, meine ich.«

»2016!«, korrigierte Lorenzo sie trotzig. »An so was will ich überhaupt nicht denken, Emily. Ich will nach Hause. Ich will nicht auf ewig in der Vergangenheit herumlaufen. Ich vermisse meine Freunde und meine Eltern und meine ganze Familie und sogar die blöde Schule, obwohl ich eigentlich gar keine Lust mehr hatte hinzugehen. Ich will mein Handy wiederhaben und mein Skateboard. Mein Zuhause, mein Leben! Nein, keinen einzigen Gedanken verschwende ich daran, hierzubleiben! Wir müssen mit diesem Albert Einstein sprechen. Wenn uns jemand helfen kann, dann er.« Erschöpft ließ er sich aufs Sofa sinken.

»Aber die Stadt ist riesig«, meinte Emily kleinlaut. »Egon hat gestern gesagt, hier wohnen fast fünf Millionen Menschen. Wo sollen wir ihn denn da suchen?«

»Wir könnten Ernas Opa fragen«, kam da Maliks muntere Stimme von der Bettcouch. »Erna hat gesagt, er ist ein Professor.«

Die beiden drehten sich zu ihm um. »Ach so, du meinst, deshalb weiß er alles?« Lorenzo lachte spöttisch.

»Kann doch sein.« Malik sprang aus dem Bett, stellte sich zu Emily ans Fenster und schaute hinaus. »Himmel und Hölle!«, rief er. »Das hab ich auf dem Schiff gelernt. Wollen wir fragen, ob sie uns mitspielen lassen?«

Emily schüttelte den Kopf. »Merk dir mal, wie's geht, Malik«, sagte sie. »Und wenn wir alle wieder zu Hause sind, zeigst du's deinen Freunden, okay?« Dann wandte sie sich an Lorenzo. »Weißt du«, sagte sie nachdenklich, »Malik hat vielleicht recht. Der Mann auf dem Kai hat ›Professor‹ zu Albert Einstein gesagt. Und Ernas Opa ist Professor an einer weltberühmten Universität. Das hat sie mir ganz stolz erzählt. Wir könnten ihn zumindest mal fragen, ob er was über Einstein weiß, wo der doch auch so berühmt ist.«

Lorenzo stimmte ihr zu. Das war immerhin ein Plan. Hundertmal besser, als hier in der Bude zu hocken und darauf zu warten, dass die Schuhmachers aufwachten. Nur – wie sollten sie Erna finden? Ernas Großeltern wohnten in einer Villa am Central Park. Vielleicht gingen sie irgendwann mal an diesem schönen Tag mit ihr in den Park.

Sie teilten sich das letzte Sandwich, das vom Abend übrig geblieben war, und tranken von der Limonade. Danach richteten sie die Couch wieder ordentlich her. Lorenzo war gerade dabei, einen Zettel für die Familie zu schreiben, als Willi ins Zimmer kam.

»Ihr wollt Erna besuchen, ohne mir?«, sagte er empört. »Ick komme mit!« Er nahm Lorenzo den Bleistift aus der Hand und malte seinen Namen unten auf den Zettel. »So, jetzt kann et losjehn!«

Doch Emily musterte die drei Jungs kritisch. »Ihr seid so was von schmutzig. Eure Hemden sind nicht mehr weiß, sondern schwarz«, meinte sie. »Ernas Mamá fällt in Ohnmacht, wenn sie euch sieht. Und ihre Großeltern reden so bestimmt nicht mit uns.«

Ohne lange zu zögern, stöberte Willi in einem der Koffer herum und zog frische Sachen für alle drei Jungs heraus. Lorenzo bekam Kniebundhose, Hemd und Ballonmütze von Fritze. Malik probierte eine der kurzen Hosen mit Hosenträgern von Gustav an, dem Zweitjüngsten. Es passte alles prima, sogar die Schnürschuhe.

»Schuhmachers Nummer sechs und sieben«, lachte Willi. »Bloß, det ihr so ulkige Namen habt. Lorenzo und Malik, ha ick noch nie jehört.« Er stülpte sich seine Mütze auf den runden Schädel, linste noch einmal ins Kinderzimmer und dann huschten sie zur Wohnungstür hinaus.

Vor dem Haus versuchte Lorenzo, sich zu orientieren. Sie

waren an der Südspitze von Manhattan und der Central Park lag weiter nördlich. Das wusste er noch aus dem Reiseführer, den Sam ihm geschenkt hatte. »Wir müssen immer nur den Broadway hoch, der geht genau nach Norden«, meinte er.

Aber wo war der Broadway? Emily nahm sich ein Herz und sprach die Mädchen an, die vor dem Haus spielten. Sie antworteten in einem Englisch, das nicht besser war als Emilys. Sicher waren das auch Einwandererkinder.

»Ihr müsst die Oliver Street hochgehen und dann müsstet ihr einmal quer durchs Chinesenviertel«, erklärte ihnen das älteste Mädchen auf Deutsch. »Aber dürft ihr da ganz alleine hin?« Sie machte ein ängstliches Gesicht. »Dort wohnen nur Chinesen!«

»Klar, Chinatown«, sagte Lorenzo. »Mein Onkel Sam wollte mit mir da essen gehen …« Er brach verlegen ab, als er die erstaunten Blicke der Kinder sah.

»Ihr wollt dort was essen? Chinesisches Essen?«, fragte das Mädchen. Die anderen Kinder kicherten, als hätte der fremde Junge etwas höchst Merkwürdiges gesagt.

»Genau, Frühlingsrolle und Ente süßsauer und zum Nachtisch gebackene Banane«, blaffte Lorenzo das Mädchen an. Und dann stiefelte er los, ohne darauf zu achten, ob die anderen drei ihm folgten. Emily seufzte. Oh Mann, dieser Lorenzo hatte heute aber wirklich eine miese Laune.

Und die änderte sich auch nicht, als sie durch Chinatown liefen, wo es eine Menge zu sehen gab. Es war, als hätten sie plötzlich wieder eine Reise gemacht – doch diesmal nicht in eine vergangene Zeit, sondern auf einen anderen Kontinent. Mitten in Beijing waren sie, umringt von sehr geschäftig wirkenden Asiaten. Fremd klingende Laute, chinesische Schriftzeichen, Pagodendächer, winzige Häuser, die durch Leitern miteinander verbunden waren. In den Gassen reihte sich Laden an Laden, aus denen die sonderbarsten exotischen Gerüche strömten. Emily, Malik und Willi blieben immer wieder stehen, doch Lorenzo zog sie weiter.

»Jetzt macht schon«, schimpfte er. »So kommen wir ja nie vom Fleck. Wenn wir doch nur Geld hätten, um die Hochbahn oder den Bus zu benutzen.«

Aber das hatten sie nun mal nicht, und beim Schwarzfahren erwischt zu werden, wollten sie nicht riskieren. »Wer weiß, wie das hier läuft«, meinte Lorenzo. Also mussten sie die ganze Strecke zu Fuß gehen. Die Straßen wurden breiter, die Häuser stattlicher, glänzend lackierte Automobile und auch ein paar Pferdekutschen rollten durch die Alleen. Elegant gekleidete Damen mit Sonnenschirmchen und Herren mit weißen Sommerhüten spazierten Arm in Arm. Wenn die anderen drei trödelten, trieb Lorenzo sie voran.

»Lorenzo«, sagte Emily schließlich, »findest du es nicht trotz allem irgendwie spannend, dieses New York zu erleben?« Sie blieb stehen und blickte zu einem der Hochhäuser hinüber, an dem gerade gebaut wurde. Ein paar Bauarbeiter balancierten in schwindelerregender Höhe über einen Metallträger.

Doch Lorenzo starrte sie an, als hätte sie den Verstand verloren. »Spannend?«, zischte er. »Hast du sie noch alle?! Wenn ich mir das Ganze freiwillig ausgesucht hätte, würde ich das vielleicht spannend finden. Aber so? Mensch, Emily! Ich habe Angst, dass wir hier nicht wieder wegkommen! Nie wieder, verstehst du?!«

21

Warum hatte er sich nur so gehen lassen? Die drei sahen so erschrocken aus, dass ihm sein Ausbruch leidtat. Aber er war es auch leid, die Verantwortung zu tragen. Er war der Älteste, und wenn er den Mut verlor, dann würde alles nur noch schwerer werden. Stumm liefen Emily, Malik und Willi jetzt hinter ihm her.

Zu allem Überfluss taten ihm in den derben Lederschuhen die Füße weh und dieser Central Park war einfach riesig. Missmutig ließ er sich auf eine Bank sinken. Natürlich hatte er keinen Blick dafür, wie schön der Park war. Er starrte auf den See, auf dem Liebespaare in Ruderbooten herumfuhren. Dieser ganze altmodische Kitsch konnte ihm gestohlen bleiben.

»Mein Onkel Sam hat ein Hoverboard für mich besorgt, das wollte ich hier ausprobieren«, grummelte er. Und noch ehe Willi das erste Wort ausgesprochen hatte, knurrte er ihn an. »Frag mich ja nicht, was das ist, klar?« Er stützte die Ellenbogen auf die Knie und vergrub den Kopf in den Händen.

Willi schluckte schulterzuckend seinen Satz runter. Doch dann stieß er Lorenzo an. »Kiek mal da!«, rief er.

»Kannst du mich nicht einfach in Ruhe lassen und deine Klappe halten?«

»Klar könnt ick det. Aber wenn ick dir sajen will, det det da Erna is, darf ick det denn?«

Im selben Moment sprang Emily von der Bank auf. »Du hast recht, Willi. Das sind Erna und ihr Opa!«

Abrupt drehte sich Lorenzo um. Tatsächlich! Am Rand des Parks fuhren mehrere Pferdekutschen die Fifth Avenue entlang – und in der ersten saßen Erna und ihr Großvater auf der Rückbank. Neugierig schaute sie in alle Richtungen, nur leider nicht nach hinten. Mit jeder Sekunde entfernte sich die Kutsche weiter.

Lorenzo zögerte nur einen Augenblick. Dann rannte er los. Er umkurvte Spaziergänger, rempelte einen Limonadenverkäufer an, sprang über Blumenbeete hinweg, hetzte über die Brücke zum Ausgang des Parks, wedelte mit den Armen und schrie, so laut er konnte. Als er endlich die Fifth Avenue erreichte, war die Kutsche nicht mehr zu sehen. Dafür war plötzlich alles voller Menschen, die die Straße verstopften, Männer und Frauen, einige in Uniformen. Keinen Meter kam er mehr voran.

Er versuchte, an den drei Männern vor seiner Nase vorbeizukommen. Doch sie ließen ihn nicht durch. Sie schienen sich geradezu extrabreit zu machen. Wütend rempelte er den einen an. Er hätte ihm am liebsten das blöde Pappschild aus der Hand gerissen, das er in die Luft hielt. Was war denn das hier nur für ein Mist? Warum standen die hier alle rum? Er stieß dem Mann mit dem Schild den Ellenbogen unsanft in die Seite. »Ich muss hier durch!«, schrie er.

»Jetzt gib mal Ruhe, Junge!« Der Mann gab ihm einen Schubs. Und auf einmal schubsten und drängelten alle um ihn herum. Schimpfen und Fluchen auf Englisch, Deutsch und in allen möglichen anderen Sprachen füllten die Luft. Verzweifelt versuchte Lorenzo, sich Platz zu schaffen, um sich umzuschauen. Doch Erna und ihr Opa waren natürlich längst über alle Berge.

Stattdessen sah er eine Reihe Polizisten auf Pferden auf die Menge zukommen. Sie schrien Befehle, die Lorenzo nicht verstand. Die Menschen wichen den Pferden aus. Es gab fast so ein Gedränge wie auf dem *Imperator*. Niemand schien zu wissen, was da gerade passierte. Aber dass alle Angst hatten, war klar.

»Lauf, Junge, schnell weg hier!« Der Deutsche mit dem Schild gab ihm wieder einen Stoß. Doch diesmal, um ihn vor dem Pferd zu schützen, das sich vor ihnen aufbäumte. Lorenzo rannte los, inmitten all der anderen. Er strauchelte, stolperte, wollte sich irgendwo festhalten und stürzte zu Boden. Unsanft landete er auf dem Schild, das der Mann fallen gelassen hatte. »ONE DAY OFF«, las er, während er sich hochrappelte. Doch noch ehe er aufrecht stand, hatte ihn auch schon jemand im Genick gepackt. Der Griff zwang ihn auf die Knie vor Schmerz.

Er schrie auf, riss sich los und versuchte zu fliehen – direkt auf eines der Pferde zu. Ein Huf traf ihn gegen die Brust, er schnappte nach Luft, wieder packte ihn jemand fest im Nacken. Loslassen!, wollte er rufen. Doch im selben Moment wurde ihm schwarz vor Augen und die Beine sackten ihm weg.

22

Emily, Willi und Malik waren Lorenzo hinterhergelaufen, aber sie hatten keine Chance gehabt, ihn einzuholen. Ehe sie die Brücke überquert hatten, war die Kutsche mit Erna und ihrem Opa aus ihrem Blickfeld verschwunden. Und auch von Lorenzo waren nur ab und zu seine dunklen Locken zu sehen. Sie bekamen gerade noch mit, wie er an der Fifth Avenue in eine Menschenmenge eintauchte, die in eine der Querstraßen drängte. Doch als sie dort ankamen, war weder von der Kutsche noch von Lorenzo etwas zu sehen.

Bevor sie begriffen, was geschah, steckten sie inmitten der Menschenmenge. Emily hatte Mühe, Malik und Willi nicht auch noch zu verlieren. Was war hier eigentlich los? Warum waren die Leute so aufgebracht? Sie hielten Pappschilder mit Sprüchen in den Händen. 10 $ a week for waiters, 5 $ for maids. War das eine Demo?

»Det is ja 'n Jewühl.« Willi guckte sich neugierig um. »Ob da auch Indianers dabei sind?«

Emily runzelte die Stirn. Wie kam Willi nur wieder auf so eine Idee?

»Was machen die alle hier?«, fragte Malik ängstlich. »Wo ist Lorenzo?«

»Keine Ahnung«, antwortete Emily knapp. »Aber hier finden wir ihn bestimmt nicht. Lasst uns lieber im Park auf ihn warten.«

Doch das war leichter gesagt als getan, denn sie kamen in dem Chaos kaum wieder zurück. Einer der Männer erkannte zum Glück ihre Not und schob für sie den Weg frei. »Stay out of the way, kids«, sagte er, als sie schließlich wieder auf der Fifth Avenue waren.

Auf dem Weg zurück schauten sie in alle Richtungen, ob sie Lorenzo irgendwo entdeckten. Aber er tauchte nicht mehr auf, weder auf der Straße noch auf einem der Fußwege durch den Park. Und so saßen sie schließlich wieder auf der Bank am See, wo sie sich nicht vom Fleck trauten. Irgendwann musste Lorenzo doch zurückkommen. Und vielleicht hatte er ja sogar Erna noch erwischt.

Eine Ewigkeit warteten sie auf ihn, bis sie beschlossen, in die Madison Street zurückzugehen. Der lange Marsch, der ihnen bevorstand, machte sie mutlos, so hungrig und erschöpft, wie sie waren. Selbst Willi schaute kaum mehr hoch, sondern trabte mit gesenktem Kopf durch die Straßen. Er war sich ziemlich sicher, dass sein Vater ihm den Hintern versohlen würde, weil er sich einfach verdünnisiert hatte.

»Aber wieso tut er das?«, fragte Erna. »Er ist doch sonst so nett.«

»Det is doch janz normal«, meinte Willi nur. Er konnte gar nicht glauben, dass es mal ein Gesetz geben würde, das den Erwachsenen so etwas verbietet.

Willi hatte Glück. Als sie schließlich völlig erledigt in der neuen Wohnung ankamen, gab es so viel Neues, dass die Tracht

Prügel ins Wasser fiel. Egon hatte Vater Schuhmacher und Fritze einen Job vermittelt, und zwar genau das, wovon sie geträumt hatten. Sie würden ab der nächsten Woche beim Bau eines neuen Wolkenkratzers dabei sein! Und auch Mutter Schuhmacher, die den ganzen Tag über von Geschäft zu Geschäft gelaufen war, hatte Erfolg gehabt. Sie konnte in einem Hotel aushelfen.

»Damit kommen wir jut längs und die Kleenen können inne Schule jehn«, meinte der Vater und strahlte wie ein Weihnachtsbaum. Dann wandte er sich an Emily. »Aber wo steckt denn überhaupt euer Bruder?«, fragte er. »Treibt der sich immer noch inne Stadt rum?«

Emily seufzte. »Ja«, antwortete sie kleinlaut. »Sieht ganz so aus.« Und dann tischte sie den Schuhmachers wieder einmal eine Lüge auf. »Er ist immer noch dabei, unseren Onkel zu suchen. Wir haben überall nach ihm Ausschau gehalten.«

»Ja, sogar im Chinesenviertel!«, rief Malik.

Und Willi setzte noch einen obendrauf. »Wir sind bis zum Zentralpark jeloofen und Lorenzo is hinter 'ner Pferdekutsche her. Und dann haben wir ihn nich mehr jesehen.«

»Der kommt schon wieder«, meinte Fritze. »Unkraut verjeht nich.«

Emily lächelte schief. Natürlich kam Lorenzo wieder. Er konnte sie und Malik doch nicht einfach hier alleine lassen, in einem fremden Land, in einer fremden Zeit. Das war doch ganz und gar undenkbar. »Klar!«, sagte sie tapfer. »Der ist bestimmt heute Abend wieder da.«

23

Emily irrte sich. Lorenzo war weder an diesem noch am nächsten Tag wieder da. Egal, wo und wen die Schuhmachers auch fragten, niemand hatte etwas von dem Waisenjungen aus Deutschland gehört. Auch Egon und Lisbeth setzten alles in Bewegung, um irgendeine Spur von ihm zu finden. Doch Lorenzo war wie vom Erdboden verschluckt.

Vater Schuhmacher hatte nur den beiden Ältesten, Fritze und Otto, erlaubt, sich auf die Suche zu machen. Sie klapperten alle Krankenhäuser in der Gegend ab, wenn auch ohne Erfolg. Die anderen Jungs mussten genauso wie Emily und Malik in der Madison Street bleiben. Sie durften lediglich mit den Nachbarskindern vorm Haus spielen. Aber alle waren durch Lorenzos Verschwinden so verunsichert, dass sie sich sowieso kaum aus der Wohnung trauten. Wo war Lorenzo nur? Warum meldete er sich nicht? Hatte er einen Unfall gehabt? War er irgendwelchen Mördern in die Hände gefallen? Und hörte man nicht immer wieder von Banden, die Kinder entführten, um sie in den Kohlegruben arbeiten zu lassen?!

So viele böse Ahnungen, die sich die Erwachsenen nur leise zuraunten, um die Kinder nicht noch mehr zu beunruhigen. Aber auch Emily, Malik und Willi tauschten Gedanken aus, die sie niemanden wissen ließen. Hatte Lorenzo vielleicht einen Weg gefunden, in die Zukunft zu gelangen? War er wieder zu Hause, während sie jetzt ohne ihn zurückfinden mussten? Womöglich erinnerte er sich nicht einmal mehr an sie!

Lisbeth behielt noch am ehesten einen kühlen Kopf. Sie riet den Schuhmachers, eine Vermisstenanzeige aufzugeben. Doch wollten sie wirklich gleich in der ersten Woche in der neuen Heimat mit der Polizei zu tun haben? Alle anderen hielten das für keine gute Idee. Und so blieb ihnen erst einmal nur, Geduld zu bewahren.

Als Mutter Schuhmacher am darauffolgenden Tag von ihrer Frühschicht als Zimmermädchen nach Hause kam, war Emily schon ganz krank vor Kummer und lag mit Bauchschmerzen auf der Couch. Aber Willis Mutter ging es auch nicht gut. Zusätzlich zu der Sorge um Lorenzo hatte sie auch noch Ärger im Hotel gehabt.

»Die ham mir mit Tomaten beworfen!«, jammerte sie und zeigte auf ihre rot bekleckerte Bluse. »Und ditte mit Recht!«

Aufgeregt berichtete sie, was passiert war. Nachdem ihre Schicht vorbei war, war ihr vorm Hotel eine Gruppe wütender Männer und Frauen entgegengetreten. Sie hatten sie als Streikbrecherin beschimpft und ihr faule Tomaten an den Kopf geworfen.

»Ick hab doch jar nicht jewusst, det die streiken. Sonst hätt ick da doch nich anjefangen«, sagte sie kleinlaut. »Ick fall doch nich meene Kollejen in Rücken.« Sie sah ganz unglücklich aus. »Darum hab ick also so schnell Arbeit jekricht. Der Chef hat neue Leute im Hotel jebraucht, weil die andern in Streik sind.«

»Was denn für ein Streik?«, fragte Malik.

Mutter Schuhmacher erzählte, was sie selbst erst an diesem Nachmittag erfahren hatte: In ganz New York kämpften die Angestellten von Hotels und Restaurants seit Langem für bessere Arbeitsbedingungen. »Die wollen een Tag inne Woche freiham. Und die Zimmermädchen wollen zwanzig Dollars im Monat ham. Also, det is ja wohl nich zu ville verlangt.« Am meisten empörte sich Willis Mutter darüber, dass die Polizei so hart durchgegriffen hatte. »Nur weil eener seine Meinung sacht, nehm die ihn fest!«, schimpfte sie.

Auf einmal war Emily klar, in was sie da an der Fifth Avenue geraten waren. Vor Aufregung sprang sie vom Stuhl. Lorenzo war doch mitten in diese Demonstration hineingelaufen. Vielleicht war er aus Versehen verhaftet worden! Das wäre vielleicht eine Erklärung, oder? Aber bevor sie ihren Verdacht aussprechen konnte, schlug sie sich selbst auf den Mund. Nein, die Schuhmachers wollte sie da nicht mit hineinziehen.

»Oje ...«, stammelte sie. »Wo hat man die Leute denn hingebracht?«

Mutter Schuhmacher zuckte nur mit den Schultern. Aber Lisbeth glaubte, dass die Protestierer im Hauptquartier der Polizei gelandet waren. »In der Broome Street, keene Meile von hier. Da sollet eene Zelle jeben, wo se alle drin sind.«

In Emilys Kopf purzelten die Gedanken hin und her und zack! landete sie wieder bei einer Lüge. »Broome Street?«, fragte sie. »Der Name kommt mir irgendwie bekannt vor. Also, es könnte sein, dass unser Onkel den Namen erwähnt hat. Ich gehe dort mal hin und schaue, ob ich das Haus finde, von dem er uns ein Foto gezeigt hat. Das wäre jedenfalls einen Versuch wert.«

Natürlich wollten Malik und Willi unbedingt mit. Doch Willis Mutter erlaubte es ihnen nicht. Emily dagegen ließ sich nicht zurückhalten und Mutter Schuhmacher blieb nichts übrig, als sie zur Vorsicht in der fremden Stadt zu mahnen. »Pass jut auf, dass du uns nich ooch noch verloren jehst, Kind«, sagte sie und gab ihr einen Kuss auf den Scheitel.

So zog Emily also alleine los. Wieder ging es durchs Chinesenviertel, aber dieses Mal hatte sie keine Lust, sich die Läden anzuschauen. Die Ungeduld, vielleicht endlich etwas über Lorenzo zu erfahren, trieb sie voran. Und es dauerte nicht lange, bis sie vor dem mächtigen Gebäude stand, in dem das Hauptquartier der New Yorker Polizei untergebracht war. Ob man da einfach so reingehen durfte? Und was sollte sie sagen? Ihr Schulenglisch war leider nicht so doll … Sie holte tief Luft und dann ging sie entschlossen die Steinstufen zum Eingang hoch. Wenn Lorenzo tatsächlich dort drinnen in der Zelle saß, dann durfte sie nicht zögern. Ihr würden schon die richtigen Worte einfallen.

24

Lorenzo sprach ziemlich gut Englisch und das machte seine Lage nicht gerade besser. Im Gegenteil: Die Polizei glaubte ihm nicht, dass er erst seit einem Tag in Amerika war und von daher sicherlich nicht bei diesem Streik mitgemacht hatte.

»I just walked along Fifth Avenue. I have nothing to do with the strike. I have no idea what it's all about!« Dutzende Mal hatte er erklärt, dass er nur zufällig in den Menschenauflauf hineingeraten war. Es hatte nichts genutzt. Und da er ohne Ausweispapiere war, hatte man ihn kurzerhand eingesperrt. Zusammen mit fünf anderen Männern schmorte er nun schon zwei Tage in einer Zelle. Es gab nicht einmal Betten in dem fensterlosen Raum, nur eine dünne Matratze und ein paar kratzige Wolldecken hatte man ihnen gegeben. Alle Knochen taten ihm weh. Und von dem Hufschlag gegen die Brust hatte er eine solche Prellung, dass er kaum atmen mochte.

Er war der Jüngste in der Zelle und die anderen waren freundlich zu ihm. Sie arbeiteten alle als Kellner und Portiers in den großen Hotels. Anders als die Polizisten hatten sie schnell gemerkt, dass Lorenzo ein Schuljunge und kein Hotelboy war. Er hatte ja nicht die geringste Ahnung von den harten Arbeitsbedingungen der Angestellten, die keinen einzigen Tag in der Woche freibekamen.

»Die können dich nicht ewig hier festhalten«, sagte Hinrich, ein grauhaariger Portier in Uniform. Er kam genau wie Lorenzo aus Hamburg, lebte aber schon seit über zehn Jahren in New York. »Warum schicken sie nicht einen Polizisten zur Madison Street, der deine Einreisebewilligung holt? Dann sehen sie ja, seit wann du in den USA bist.«

»Weil sie mir nicht glauben, dass ich mit dem *Imperator* gekommen bin, ohne Eltern. *Just tell us the truth,* sagen sie immer nur.« Lorenzo zuckte resigniert mit den Schultern. Er konnte es den Polizisten nicht einmal übelnehmen, dass sie ihm misstrauten. Sicher spürten sie, wie sehr er um die Wahrheit herumeierte.

»Spätestens nach drei Tagen wirst du einem Untersuchungsrichter vorgeführt. Dann klärt sich das alles«, versuchte ihn einer der Kellner zu trösten. Doch Lorenzo blieb mutlos. Seine wahre Geschichte würde man ihm ja noch viel weniger abnehmen als seine Notlügen. Und wenn sie ihn für verrückt erklärten, wäre er geliefert.

Die Zellentür ging auf. »Smidt! Get up, you have a visitor«, rief ein Wachmann.

Es dauerte eine Sekunde, bis Lorenzo begriff, dass er gemeint war. Und was hatte der Mann gesagt? Er hatte Besuch? Er sprang so schnell auf die Füße, dass er vor Schmerzen aufstöhnte. Hinrich drückte ihm Fritzes Ballonmütze in die Hand und schon schob ihn der Beamte vor sich her den Gang hinunter und in ein Bürozimmer hinein. Lorenzo blinzelte in den hell erleuchteten Raum.

Es war Emily! Als Lorenzo sie da brav vor dem Schreibtisch eines Beamten sitzen sah, kamen ihm die Tränen vor Freude. Sie kam, um ihn abzuholen! Dann hatten sie also doch endlich einen Polizisten in die Madison Street geschickt.

Ehe sie ein Wort miteinander wechseln konnten, meinte der Beamte, dass er stolz auf seine kleine Schwester sein könne. Sie habe ihn mit ihrer Mischung aus Englisch und Deutsch geradezu schwindelig geredet. Aber das Wichtigste habe sie deutlich gemacht.

»Why didn't you tell us that you are friends of Professor Althoff?«, fragte er.

Lorenzo warf Emily einen fragenden Blick zu. Hatte sie etwa behauptet, sie wären mit Ernas Opa befreundet? Mit dem alten Professor? Emily nickte unauffällig.

»His son is on his way to get you out of here, boy«, sagte der Beamte.

Wieder war sich Lorenzo nicht sicher, ob er richtig verstanden hatte. Der Sohn des Professors war auf dem Weg ins Polizeipräsidium, um ihn abzuholen? Also Ernas Vater, der Senator. Oje … Der hatte ja nur einmal kurz mit ihm gesprochen, als er ihm den Schiffsplan gegeben hatte. Und da hatte er ihn ziemlich übellaunig angesehen. Ob der ihn tatsächlich hier herausholen würde?

Der Beamte schlug ihm vor, erst einmal zu duschen und dann mit Emily zusammen auf den Senator zu warten. Erst jetzt merkte Lorenzo, wie muffig er roch und wie verklebt seine Locken waren. Dankbar nahm er das Angebot an. So war das also, wenn man angeblich zu den besseren Leuten gehörte. Auf einmal wurde man viel anständiger behandelt.

Er durfte sich sogar noch kurz von seinen Zellengenossen verabschieden und ihnen alles Gute wünschen. Sie hatten nichts Schlimmes gemacht, da würden sie ja wohl auch bald freikommen, oder? Alle fünf lachten spöttisch. Aber sie freuten sich für ihn. Hinrich schenkte ihm sogar zum Abschied seine Portiersmütze. »Im *Plaza Hotel* krieg ich sowieso nie wieder 'nen Job«, meinte er. Gutmütig klopften ihm alle fünf auf die Schulter, bevor der Wachmann die Zelle wieder verriegelte und Lorenzo zur Häftlingsdusche geleitete.

Als er unter dem heißen Wasserstrahl stand und der Dreck aus seinen Haaren mit dem Seifenschaum in den Ausguss strudelte, durchrieselte ihn zum ersten Mal seit Tagen fast so etwas wie Glück. Auch seine Hilflosigkeit und seine Verzweiflung waren in diesem Augenblick wie weggespült. Für einen Moment vergaß er seine Sorgen.

25

Emily hatte gar nicht groß nachgedacht. Die Schuhmachers oder auch Egon und Lisbeth hatte sie nicht erwähnt. Denn dass die frisch Eingewanderten sich lieber von der Polizei fernhielten, war klar gewesen. Aber irgendjemanden musste es doch in dieser Stadt geben, der ihnen helfen konnte! Irgendein Trick musste ihr doch einfallen – so viel hatte sie inzwischen von Lorenzo gelernt.

So war sie einfach damit herausgeplatzt, dass die Familie Althoff sich große Sorgen um Lorenzo machen würde. Instinktiv hatte sie geahnt, dass es der richtige Weg sein könnte, den Professor und den Senator zu erwähnen. Schließlich hatte Ernas Vater immer sooo wichtig getan. Und tatsächlich: Der Polizeibeamte, dem sie ihre Schummelei aufgetischt hatte, war bereit gewesen, beim Professor Althoff anzurufen, und nach einigem Hin und Her hatte Ernas Vater versprochen zu kommen.

»Hoffentlich ist er nicht allzu sauer«, flüsterte sie Lorenzo zu, als sie jetzt neben ihm in einem kleinen Zimmer des Polizeibüros saß.

»Von mir aus kann er so sauer wie eine Zitrone sein, solange er mich nur hier rausholt«, erwiderte Lorenzo. Dann waren Männerstimmen zu hören und die Tür ging auf.

»Ach herrje, ach herrje, ach herrjemine! Was haben sie denn mit dir gemacht, Lorenzo?« Erna kam auf ihn zugeschossen, umarmte ihn und drückte auch Emily an sich. Über ihre roten Haare hinweg konnte Emily ihren Vater sehen, der zusammen mit dem Polizeibeamten in der Tür stand. Ernas Begrüßung war so überzeugend, dass der Beamte wortlos nickte. Natürlich waren sie Freunde der Familie Althoff, die allerbesten! Da gab es keinen Zweifel.

Ernas Vater wechselte ein paar Sätze mit dem Polizisten. Lorenzo begrüßte er mit einem kurzen Handschlag. Ein bisschen grob nahm er ihn beim Arm und sie konnten das Präsidium verlassen. Erst als sie auf der Straße waren, begann er zu reden.

»Es ist ja wohl ein wenig übertrieben gewesen, sich als Freund der Familie auszugeben, junger Mann«, rügte er Lorenzo. Doch sofort wurde seine Miene freundlicher. »Allerdings freue ich mich, dich und deine Geschwister kennenzulernen. Erna hat mir von eurer Heldentat erzählt. Es scheint ja wohl, dass ihr auf dem *Imperator* ein großes Unglück verhindert habt. Erna konnte mir jedoch nicht erklären, wieso ihr geahnt habt, dass einer der Generatoren heiß laufen würde ...« Er brach ab und schaute Lorenzo fragend an.

Doch der grinste nur verlegen. »Es muss so etwas wie der siebte Sinn gewesen sein«, meinte er. »Ich hab es einfach gespürt.«

»Gerade so, als hätte er in die Zukunft geschaut ...« Erna unterdrückte ein Kichern.

»Du wolltest also den Schiffsplan haben, um dich besser orientieren zu können. Sehr vorausschauend.« Der Senator war beeindruckt. »Bisher hieß es nur, die Passagiere wären zum

Glück schon an Deck gewesen, als das Feuer ausbrach. Wir sollten die Presse informieren. Die interessiert sich für solche Geschichten.«

»Nein, nein«, wehrte Lorenzo ab. »Mir reicht es an Aufregung.«

»Verständlich«, meinte Ernas Vater. »Dann bringe ich euch Geschwister mal nach Hause. Mein Automobil steht direkt hier, ein Holbrook Landaulet.« Er strich über die frisch polierte Karosserie seines Mercedes.

Dankbar kletterten Emily und Lorenzo auf die Rückbank der Limousine. Mit dem Auto waren es nur wenige Minuten, dann standen sie schon vor dem Mietshaus in der Madison Street.

»Hier wohnt ihr also.« Senator Althoff musterte vom Fahrersitz aus das Gebäude aus rotem Backstein, an dessen Seitenwand die Feuerleitern bis zum fünften Stock hochführten.

»Ja, bei den Schuhmachers«, antwortete Emily.

»Aber die sind doch eh schon zu siebt«, staunte Erna. »Wie viele Zimmer haben sie denn?«

»Zwei. Und eine Küche und ein Bad«, gab Lorenzo Auskunft.

»Zwei?!« Erna runzelte die Stirn. Dann wandte sie sich an ihren Vater. »Papächen«, flötete sie. »Die Großeltern haben doch so viel Platz in der Villa. Lorenzo, Emily und ihr Bruder Malik könnten doch in einem der Gästezimmer wohnen, oder nicht?«

Emily und Lorenzo wechselten einen Blick. Das wäre ja großartig. Dann würden sie tatsächlich den Professor Althoff kennenlernen und vielleicht endlich was über Albert Einstein erfahren!

Erwartungsvoll schauten alle drei den Senator an. Und der nickte. »Natürlich«, sagte er. »Die Helden des *Imperators* sind uns willkommen. Da spreche ich sicher im Namen deiner Großeltern, Erna.«

Jubelnd sprangen die drei aus dem Mercedes und rannten die Treppen hoch zu den Schuhmachers. Außer Atem verkündeten sie die Neuigkeit. Alle waren hocherfreut, dass Lorenzo wieder da war. Und dann hatten sie sogar eine Unterkunft, bis das Haus des Onkels gefunden war. Was für ein Glück im Unglück!

»Darf ick mitkommen?«, fragte Willi, der am Fenster stand und sehnsuchtsvoll den schicken Mercedes betrachtete. »In so 'n Ding bin ick noch nie jefahren.«

Doch Mutter Schuhmacher packte ihn am Kragen. »Det kommt ja nich inne Tüte«, sagte sie.

Und dann gab es erneut ein großes Verabschieden, aber diesmal mit der Versicherung, sich bald wiederzusehen.

Als Lorenzo, Emily und Malik schließlich im Auto saßen, winkte Willi wie wild von oben aus dem Fenster. Erna, auf dem Beifahrersitz, durfte die Hupe drücken und der Senator gab geräuschvoll Gas. Mit offenem Verdeck kutschierten sie durch Manhattan, was in der Hitze dieses Augusttags einfach großartig war.

»Deutlich besser, als zu Fuß gehen«, seufzte Lorenzo erleichtert. Von jetzt an würde er optimistischer sein! Irgendwie kam ja doch alles anders als gedacht. Da war er im Gefängnis gelandet – und nur deshalb waren sie jetzt ein ganzes Stück weiter.

26

In der Villa an der Fifth Avenue kamen Emily, Lorenzo und Malik aus dem Staunen nicht heraus. Was war das Schönste? Die schwarz-weiß geflieste Eingangshalle, in der es Blumenkübel mit Palmen und sogar einen Springbrunnen gab? Das riesige Wohnzimmer mit dem angrenzenden Wintergarten voller Orchideen? Oder die beiden Gästezimmer mit den Himmelbetten, eins für die Jungs und eins für Emily, von denen aus man über den Central Park schauen konnte?

Erna sprang um sie herum, während sie ihnen das Haus zeigte. »Todschick, oder?«, fragte sie immer wieder. »Die Großeltern sind erst vor Kurzem hier eingezogen. Weil Großvater doch jetzt der Präsident der Universität ist, braucht er was zum Repräsentieren.«

»Aha.« Emily wusste nicht genau, was damit gemeint war. Aber sie nahm wahr, wie Lorenzo große Ohren bekam.

»Wenn er hier repräsentiert, dann lädt er doch bestimmt wichtige Leute ein. Berühmte Wissenschaftler … zum Beispiel Albert Einstein …« Er sah Erna fragend an.

»Keine Ahnung«, meinte sie. »Bisher kannte ich niemanden von den Leuten, die zum Dinner da waren. Wer ist denn dieser Albert Einstein?«

Lorenzo überlegte kurz, ob er Erna von dem Physiker und seiner Relativitätstheorie erzählen sollte. Doch das würde eine Ewigkeit dauern, denn eigentlich begriff kein normaler Mensch, worum es da ging. Deshalb beschränkte er sich auf das, was für sie alle das Wichtigste war. »Hör zu«, sagte er, wobei er unbewusst zu flüstern begann. »Albert Einstein ist genau wie wir am Donnerstag mit dem *Imperator* in New York angekommen. Und er ist der klügste Mensch der Welt. Wenn uns jemand helfen kann, in die Zukunft zurückzufinden, dann er!«

Erna senkte ebenfalls die Stimme. »Oha! Dann werde ich mal die Großeltern fragen, ob sie ihn kennen.«

Es dauerte nicht lange, da bekam Erna Gelegenheit, ihre Frage loszuwerden. Denn an diesem Tag wurde mit Rücksicht auf Lorenzo früh zu Abend gegessen, da er nach all der Aufregung ziemlich erschöpft war. Und so saßen sie alle zusammen im Esszimmer um den lang gestreckten Tisch herum: Erna, ihre Eltern, ihre Großeltern und die drei vermeintlichen Waisenkinder, die sich endlich mal ordentlich satt essen sollten.

Es war ein Festessen, was die Köchin der Althoffs zusammengestellt hatte. Die beiden Bediensteten servierten Rinderfilet, Hühnchen, Forelle sowie jede Menge Gemüse, Obst und Salate. Und zum Nachtisch Schokoladenpudding. Zum Glück stellte Erna ihre Frage erst, nachdem alle satt und zufrieden waren, denn plötzlich änderte sich die gute Stimmung.

»Albert Einstein?« Professor Althoff zog die Augenbrauen hoch. »Was weißt du über Einstein, Kind?« Er schaute Erna erstaunt an.

»Na, dass er mit dem *Imperator* nach New York gekommen ist«, antwortete Erna. »So wie wir.«

»Albert Einstein war mit uns an Bord? *Der* Einstein?!« Ernas Mutter saß auf einmal kerzengerade da.

»Ja, genau der«, krähte Erna. »Kommt er zufällig hierher zu uns, Opa?«

Die Großeltern wechselten einen Blick. »Lass mal deinen Opa in Ruhe seine Zigarre rauchen«, versuchte die Großmutter das Thema zu wechseln.

Doch Erna gab nicht so schnell auf. »Ich will ja nur wissen, ob er uns besuchen kommt!«

Jetzt machte der Großvater ein strenges Gesicht. »Ob Albert Einstein in New York ist oder nicht, hat uns überhaupt nicht zu interessieren. Und nun entschuldigt uns. Wir gehen in den Herrensalon.« Er klopfte auf seine Brusttasche, wo bereits eine Zigarre steckte. Zusammen mit seinem Sohn, dem Senator, verließ er das Speisezimmer.

Die drei waren erleichtert, dass das Essen beendet war. Sie verkrümelten sich auf Ernas Zimmer, wo sie sich auf den dicken Teppich setzten.

»Was war das denn? Dein Opa hatte ja plötzlich richtig schlechte Laune«, sagte Emily.

»Ich glaube, er mag den Einstein nicht«, meinte Malik.

Lorenzo schüttelte den Kopf. »Das ist es nicht. Es scheint ihm nicht zu passen, dass wir wissen, dass Einstein hier ist.«

»Vielleicht ist er ein Geheimagent oder so was«, raunte Malik.

»Quatsch«, lachte Lorenzo ihn aus.

Erna wirkte nachdenklich. »Immerhin scheint ein Geheimnis dahinterzustecken, dass er auf dem Schiff war. Eigentlich kriegen es Mama und Papa hin, jeden kennen zu lernen, der ›wichtig ist‹.«

»Aber er ist ja in der dritten Klasse gereist«, warf Emily ein. »Willi hat ihn dort gesehen und ich hab gehört, wie er gesagt hat, da könne er besser arbeiten.«

»Der ist incognito unterwegs«, vermutete Lorenzo. »Niemand sollte ihn erkennen.«

»Wisst ihr was? Ich frage einfach Mamá. Die kann keine Geheimnisse für sich behalten. Ich hab ihr mal anvertraut, dass ich den Werner aus meiner Klasse mag, und das hat sie prompt Werners Mutter erzählt!« Erna klang immer noch empört. Dann sprang sie auf und lief zur Tür. »Wartet mal. Ich wette, sie verrät mir, warum Großvater so grantig war.«

Lorenzo bezweifelte das. Ernas Mutter war ja selbst überrascht gewesen, von Einstein zu hören. Die würde sicher nichts wissen.

Doch er irrte sich. Als Erna nach einer Viertelstunde wieder im Kinderzimmer auftauchte, hatte sie Neuigkeiten. Sie berichtete brühwarm, was sie von ihrer Mutter gehört hatte, die es wiederum selbst gerade erst von ihrer Schwiegermutter erfahren hatte – unter dem Siegel der Verschwiegenheit.

»Es soll tatsächlich niemand wissen, dass er hier ist«, flüsterte sie. »Weil die Universität ihn heimlich abwerben will.«

Malik und Emily machten fragende Gesichter.

»Also, Mamá sagt, Großvaters Universität hat Einstein viel Geld angeboten«, erklärte sie mit wichtiger Miene. »Weil er gerade an was total Großartigem forscht. Und damit würde die Uni, wo er arbeitet, weltberühmt.«

»Woran forscht er denn gerade?«, wollte Emily wissen.

»Das weiß ich nicht«, antwortete Erna. »Aber dafür weiß ich, in welchem Hotel er logiert! Mamá war nämlich enttäuscht, weil er nicht hier bei uns wohnt – und das, wo doch im *Netherland* gestreikt wird, hat sie gesagt.«

»Das *Hotel Netherland* … das hab ich gesehen!«, rief Malik. »Ich hab noch gesagt: Kuckt mal, wie groß das Hotel ist.«

Erna nickte. »Ja, das ist an der Ecke vom Central Park, gar nicht weit von hier. Da können wir zu Fuß hingehen.«

Lorenzo wäre am liebsten sofort aufgebrochen. Doch er war so müde, dass er fast schon auf dem Teppich einnickte. »Morgen treffen wir Einstein, da bin ich mir sicher!«, sagte er, während er gleichzeitig einen sehnsuchtsvollen Blick auf das Himmelbett warf.

Als er schließlich neben Malik unter der seidenen Decke lag, seufzte er vor Erleichterung. Nach dem harten Boden der Gefängniszelle war das hier das Paradies auf Erden. »Morgen erwischen wir ihn«, murmelte er noch einmal und dann schlief er auch schon.

27

Am nächsten Tag konnten sie nicht direkt nach dem Frühstück los, so wie sie es vorgehabt hatten. Ernas Eltern wollten zu ihrer Tour durch die Staaten Neuenglands aufbrechen und da durfte Erna nicht aus dem Haus. Sie mussten sich gedulden, bis der Senator und seine Frau schließlich im Mercedes saßen und fröhlich winkend von dannen fuhren. Erst als sich die Großeltern zu ihrem Nachmittagsschläfchen zurückzogen, machten sie sich auf den Weg durch den Central Park.

Als sie beim *Hotel Netherland* ankamen, wimmelte es in der vornehmen Eingangshalle nur so von Menschen. Sie schafften es zwar, zur Rezeption zu gelangen, aber dort standen sie eine Ewigkeit, bis sich endlich jemand um sie kümmerte.

»Whom do you want to speak? Albert Einstein?« Der Empfangschef schaute sie mindestens so unwirsch an, wie Ernas Großvater am Abend zuvor. »He isn't staying at the Netherland«, sagte er und machte eine Handbewegung, als wollte er lästige Fliegen verscheuchen.

»Könnten Sie nicht noch mal nachschauen?«, bat ihn Lorenzo auf Englisch. »Vielleicht hat man ja vergessen, seinen Namen ins Gästebuch einzutragen ... weil momentan weniger

Personal als sonst da ist.« Er deutete auf die empörten Besucher, die sich beschwerten, weil es keine Hotelboys gab, die sich um ihre Koffer kümmerten. »Wegen des Streiks …«

Doch der Mann am Empfang wurde nur umso feindseliger. »Get out of the way, kids. And make sure you leave this place!«, herrschte er die Kinder an. Er starrte ihnen hinterher, bis sie das Hotel verlassen hatten.

»Du liebe Güte, war der unfreundlich!«, schimpfte Erna, als sie auf der Fifth Avenue standen.

»Aber so was von«, stimmte Lorenzo ihr zu. »Vor allem, als er den Namen Einstein gehört hat. Der beste Beweis, dass er tatsächlich hier abgestiegen ist.« Mit gerunzelter Stirn musterte er den Eingang. Der Portier hier sah längst nicht so nett aus wie sein Zellengenosse Hinrich. Er machte ein Gesicht, als würde er sie eigenhändig rauswerfen, falls sie das Hotel noch mal betraten.

»Und was machen wir jetzt?«, wollte Malik wissen. »Gehen wir wieder?«

»Nee, so schnell geben wir nicht auf«, meinte Emily. »Vielleicht können wir uns doch irgendwie reinschleichen.«

Lorenzo nickte. »Ja«, sagte er. »Und ich hab auch schon eine Idee. Kommt!« Er zog sie ein Stück die Straße hinunter zu einer Bank am Rand des Parks, von der aus man das *Netherland* noch sehen konnte. Und dann erklärte er ihnen, was er vorhatte. Sie drei würden den Eingang beobachten, und falls Einstein das Hotel verließ, würden sie ihn ganz höflich ansprechen. Erna würde unterdessen zur Villa zurücklaufen, um Hinrichs Portiersmütze zu holen. »Und falls er dann immer noch nicht aufgetaucht ist, setze ich mir die Mütze auf und tue so, als würde ich zum Personal gehören.« Lorenzo grinste zuversichtlich.

Emily zog die Augenbrauen zusammen. »Der Portier erkennt dich sicher trotzdem«, gab sie zu bedenken.

Doch Lorenzo hatte auch daran gedacht. Natürlich würde er den Hintereingang für das Personal nehmen, den so ein Luxushotel besaß. Hinrich hatte ihm erzählt, dass er nach Feierabend nicht durch das Eingangsportal gehen durfte, vor dem er den ganzen Tag gestanden hatte.

Und genau so geschah es. Bis Erna eine halbe Stunde später mit der blaugoldenen Schirmmütze zurückkehrte, hatte sich Albert Einstein nicht blicken lassen. Also drückte sich Lorenzo die Kappe auf die Locken, bat die anderen, ja nicht unachtsam zu werden vor lauter Nichtstun, und machte sich auf den Weg zum Hotel.

Nachdem er das Gebäude halb umrundet hatte, stand er tatsächlich vor einer Tür, neben der sich Müllcontainer an Müllcontainer reihte. Er zögerte. Den anderen gegenüber hatte er so entschlossen getan, doch jetzt war er ratlos. Vielleicht schaffte er es wirklich ins Hotel, aber was sollte er dann machen? Das *Netherland* war fast schon ein Hochhaus und er konnte schließlich nicht in jedem Stockwerk von Zimmer zu Zimmer gehen und einfach anklopfen, oder?

In diesem Moment öffnete sich die Tür und ein Angestellter in Uniform kam heraus. Ohne noch lange nachzudenken, nutzte Lorenzo die Gelegenheit und schlüpfte an dem Mann vorbei ins Haus. Hauptsache, er war erst einmal drin. Irgendwas würde ihm schon einfallen.

Ein schmaler Gang führte an mehreren Lagerräumen vorbei bis zur Küche. Mehrfach wurde er wegen seiner *Plaza-Hotel*-Mütze gemustert. Aber in diesen Tagen stellte man nicht groß Fragen. Vielleicht war der Bursche ja ein Streikbrecher, der mal in dem einen, mal in dem anderen Hotel arbeitete. Unbehelligt gelangte Lorenzo von der Küche ins Restaurant, wo elegant gekleidete Herrschaften gerade beim Kaffee waren. Albert Einstein war leider nicht zu sehen. Sicher saß der lieber ungestört in seinem Zimmer über seinen Aufzeichnungen.

Als einer der Kellner mit fragender Miene auf ihn zukam, eilte Lorenzo weiter und durch eine Schwingtür gelangte er in die Eingangshalle. Vorsichtig schaute er zur Rezeption. Doch der Empfangschef beachtete ihn zum Glück nicht. Lorenzo ließ seinen Blick schweifen, von der Rezeption zu der Sofagruppe, wo einige Gäste saßen und Zeitung lasen, bis hin zu den Aufzügen.

Und plötzlich schnappte er nach Luft. Da war er ja! Inmitten einer Gruppe Wartender stand er vor der Tür des Lifts! Albert Einstein, ganz eindeutig! Die dunklen lockigen Haare, die dichten Augenbrauen, der wache Blick, das war er. Sogar die lederne Aktentasche trug er bei sich.

Im ersten Moment war Lorenzo unfähig zu handeln. Dann ging alles so schnell, dass ihn die Ereignisse einfach mit sich rissen. Mit einem Pling hielt der Lift, die Tür schob sich auf und mehrere Leute verließen die Kabine. Lorenzo lief los. Einstein durfte ihm nicht in eins der vielen Stockwerke entwischen! Doch noch bevor er den Lift erreichte, schob sich einer der Wartenden an Einstein heran, schubste ihn wie zufällig und schnappte nach seiner Aktentasche. Ehe Einstein reagieren konnte, rannte der Mann mit der Tasche in der Hand zum Ausgang.

Auch Lorenzo war eine Sekunde wie gelähmt. Was sollte er tun? Sein erster Impuls war, weiter Richtung Lift zu laufen. Doch nach kurzem Zögern rannte er instinktiv dem Mann hinterher.

Aus dem Augenwinkel konnte er das entsetzte Gesicht von Albert Einstein erkennen, dann hastete er durch das Eingangsportal. Eilig schaute er in alle Richtungen. Wo war der Mann? Er war nicht zu sehen! Aber ein paar Meter die Fifth Avenue hinunter fluchte ein Kutscher, dessen Pferde aufgeregt tänzelten. Vielleicht war ihnen der Flüchtende direkt vor die Hufe gelaufen …

Lorenzo schlängelte sich durch die Passanten hindurch zur Kutsche. »Der Mann! Der Dieb! Wohin ist er gelaufen?«, rief er, nur um sich hastig zu korrigieren. »Did you see a man running? Where did he go? He is a thief!«

Der Kutscher wies mit seiner Peitsche vage Richtung 59th Street und Lorenzo erkannte gerade noch, wie der Dieb hinter einer Reihe Autos verschwand. Seine hellen Haare leuchteten. Er trug keinen Hut, anders als die meisten Leute hier auf der Straße. Lag das daran, dass er im Hotel gewartet hatte, um Einstein aufzulauern? Ja, er hatte in einem der Sessel Zeitung gelesen, als sie vom Empfangschef hinausgeworfen worden waren, oder? Egal, er durfte ihn nicht aus den Augen verlieren.

Lorenzo sprintete zu den parkenden Wagen hinüber, lief ein paar Meter nach links, ein paar Meter nach rechts. Unschlüssig blieb er stehen. War der Mann Richtung Downtown oder in den Park hineingelaufen? Oder zur U-Bahn-Station? Vielleicht hatte er hier ja auch einen Wagen stehen mit einem Komplizen am Steuer.

Wenn er nur Emily und den anderen Bescheid geben könnte! Die waren doch ganz in der Nähe. Zu viert hätten sie eine größere Chance, dass ihnen der Mann nicht entkam. Warum hatten sie nur keine Handys? Dann wäre alles so viel einfacher.

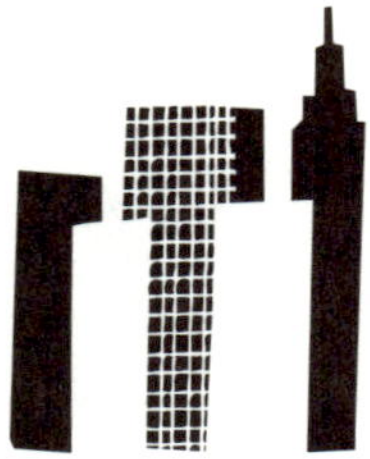

28

Das Warten war grässlich. Emily wurde immer kribbeliger. Die Zeit schlich so langsam dahin, dass ihr jede Minute wie eine Viertelstunde vorkam. Sie knabberte an ihren Nägeln, während sie neben Malik und Erna in der Hitze dieses Augustnachmittags auf der Bank hockte. Wo war Lorenzo jetzt? Hatte er es geschafft, ins Hotel zu gelangen? Vielleicht sprach er gerade mit Albert Einstein? Oder saß er womöglich in der Klemme, weil sie ihn wieder einmal erwischt hatten? Bilder huschten ihr durch den Kopf: Lorenzo im Kesselraum des *Imperators* auf dem Boden, mit den Armen an das Rohr gefesselt … Lorenzo im Hauptquartier der Polizei, wie er aus der Zelle gebracht wurde, blass, verdreckt und müde … Lorenzo mit Tränen in den Augen vor lauter Verzweiflung, nie wieder nach Hause zu kommen. Wer weiß, wie es ihm jetzt ging?

Doch Emilys düstere Gedanken wurden jäh unterbrochen. Malik stieß ihr den Ellenbogen in die Seite. »Sieh mal, Lorenzo!«

»Der läuft weg«, sagte Erna.

Tatsächlich. Da lief Lorenzo über die Straße auf einen Kutscher zu, der seine Pferde kaum zügeln konnte. Die viel zu große Mütze flog Lorenzo vom Kopf und rollte unter die Kutsche, doch das schien er gar nicht zu merken. Er rannte schon weiter und im nächsten Moment war er nicht mehr zu sehen. Jetzt stürmten aufgebrachte Menschen aus dem *Netherland* heraus, allen voran der Empfangschef. Der Portier fuchtelte mit den Armen in der Luft herum, alle schienen durcheinander zu reden. Und der Mann mit den dunklen Locken, der nun auf der obersten Stufe stand, war das nicht Albert Einstein? Selbst auf die Entfernung konnte man erkennen, wie bestürzt er war. Oh Mann, was hatte Lorenzo nur angestellt? Irgendetwas musste schiefgelaufen sein!

Während Malik und Erna noch erschrocken zum *Netherland* hinüberschauten, sah Emily sich um. Wo war Lorenzo? Versteckte er sich im Park? Ihr Blick wanderte die Büsche und Sträucher entlang und sie stutzte. Da, halb verborgen von Heckenrosen, war ein großer blonder Mann, der eine Aktentasche zwischen den Knien festklemmte, während er seine Jacke auszog. Blitzschnell wendete er sie von innen nach außen und zog sie verkehrt herum wieder an. Dann zerrte er eine Mütze aus der Jackentasche, und noch während er sich die Mütze auf den Kopf stülpte, schlenderte er mit der Aktentasche unter dem Arm davon.

»Merkwürdig«, murmelte Emily. Und als in diesem Moment vom Hotel her die Rufe immer lauter und deutlicher wurden, begriff sie, was geschehen war. »Thief!«, riefen die Leute. Thief … Das hieß doch Dieb, oder nicht?

Nur ein paar Sekunden lang zögerte Emily, dann reagierte sie. »Die suchen einen Dieb«, raunte sie Erna und Malik zu. »Ich glaube, ich habe ihn gesehen.«

»Was? Wo denn?« Ernas Augen weiteten sich.

»Jetzt ist er schon weg.« Emily deutete in Richtung der Heckenrosen. »Er hatte eine Aktentasche dabei, die sah aus wie die von Einstein«, sagte sie. »Erna, wir beide gehen ihm nach. Und du Malik, du wartest hier, hörst du? Falls Lorenzo zurückkommt, muss er wissen, wo wir sind.«

»Aber ich will auch mit. Ich will hier nicht nur rumsitzen«, protestierte Malik.

Emily hörte gar nicht mehr hin. »Komm, schnell.« Sie zog Erna mit sich, weg von der Bank und in den Park hinein. Weit konnte der Mann noch nicht sein. Als sie den Weg mit der Rosenhecke entlangliefen, drehte sie sich noch einmal um. Malik saß auf der Bank, die Arme um die angezogenen Knie geschlungen, und schaute ihnen nach. Wie klein und unglücklich er aussah! War es richtig, ihn alleine zu lassen? Egal, jetzt war keine Zeit mehr, zu grübeln.

29

Unschlüssig stand Lorenzo an der Ecke 59th Street und Fifth Avenue, als ganz unerwartet Hilfe auftauchte – und das war Willi. Während Lorenzo noch überlegte, in welche Richtung er laufen sollte, sah er ihn die Fifth Avenue hochtraben. »Williii!« Wild winkend machte er ihn auf sich aufmerksam.

»Na, det hab ich doch jewusst, det ick euch hier beim Park finde!« Willi strahlte. »Ihr wollt euch wohl ohne mir verlustieren, wa? Ick hab mir jedacht, det ick …«

»Halt die Luft an«, unterbrach ihn Lorenzo ungeduldig. »Hast du einen großen blonden Mann mit einer Aktentasche gesehen?«

»Icke? Nee. Wer is ’n det?«

Doch Lorenzo redete einfach weiter. »Höchstens eine Minute am Park entlang kommt eine Bank, wo die anderen auf mich warten. Sag ihnen, Einstein ist beklaut worden! Der Mann mit seiner Aktentasche ist vielleicht noch in der Nähe. Ihr müsst ihn suchen. Ich laufe zur U-Bahn und schaue da.« Mit wenigen Worten beschrieb er Willi den Dieb und trieb ihn zur Eile an. »In einer Stunde treffen wir uns wieder bei der Bank!«, rief er ihm noch hinterher, während Willi schon davonsauste.

Als Lorenzo kurz darauf die Stufen zur U-Bahn hinuntersprang, ratterte diese gerade aus dem Bahnhof. Ratlos starrte er ihr hinterher. Wenn der Dieb tatsächlich in einem der Waggons saß, so war er jetzt nicht mehr einzuholen. Also wieder die Treppe hoch zur Straße und zurück zur Fifth Avenue. Mit Seitenstechen und ohne Plan lief er die breite Straße hinunter Richtung Downtown. Ach, es war aussichtslos. Der Mann konnte überall und nirgends sein. Was hatte er wohl mit Einsteins Aktentasche vor? Da waren bestimmt die Papiere drin, an denen der berühmte Physiker die letzten Wochen gearbeitet hatte, oder? Sicher gab es 1913 noch keine Kopierer und das war womöglich die einzige Fassung von Einsteins Arbeit.

Lorenzo erinnerte sich, wie fest der Professor seine Aktentasche umklammert hatte, als er vor dem Feuer auf dem *Imperator* geflohen war. Mit beiden Armen hatte er sie umschlungen, anstatt sich festzuhalten. Nur deshalb war er ins Wasser gestürzt. Oh Mann, was für eine Gemeinheit von dem Dieb, ihm seine Arbeit zu stehlen!

Während die Gedanken in Lorenzos Kopf kreisten, knatterte ein Polizeiauto mit heulender Sirene auf den Central Park zu. Die Polizei war bestimmt unterwegs zum *Netherland*. Er sah sich um. Von Norden her rumpelte jetzt ein Doppeldeckerbus an ihm vorbei – und oben auf dem offenen Deck saßen Emily, Malik und Willi! Sie entdeckten ihn im selben Moment. Im Laufen winkte Lorenzo zu den anderen hoch, sodass er fast gestolpert wäre.

»Lorenzo!«, schrie Malik. »Lorenzo, der Dieb ist …«

Lorenzo sah, wie Emily ihm den Mund zuhielt. Der Bus fuhr auf eine Haltestelle zu und Lorenzo rannte, was das Zeug hielt. »Wait! Please, wait for me!«

Er erreichte den Bus, just als der Doppeldecker wieder anfuhr. Mit einem großen Satz sprang er auf die Eingangsplattform und landete fast auf den Füßen von Erna, die gerade dem Schaffner Geld gab.

»Für den zahl ich auch mit«, sagte sie, während sie Lorenzo freudig angrinste. »Five tickets, please.«

Mit den Fahrkarten in der Hand zog sie Lorenzo zur hintersten Reihe, wo er sich atemlos neben ihr auf die hölzernen Sitze plumpsen ließ. Oh Mann, er war so viel gerannt, dass er die Seitenstiche wahrscheinlich nie wieder loswurde. »Wo kommt ihr denn auf einmal her?«, fragte er.

»Psst, nicht so laut!« Flüsternd schilderte ihm Erna, wie sie auf ihrer Bank gegenüber vom *Netherland* erst gar nicht kapiert hatten, was passiert war. »Und dann bist du über die Straße gepest und irgendwohin verschwunden und lauter aufgeregte Leute rannten plötzlich vor dem Hotel herum. Wegen dem Dieb«, sagte sie. Noch bevor Lorenzo eine Frage stellen konnte, stieß sie ihn mit dem Ellenbogen an. »Der da vorne, das ist er doch, oder?«

Erst jetzt bemerkte Lorenzo den Mann, der hinter dem Fahrer saß. Er trug eine Mütze, sodass seine blonden Haare nicht zu sehen waren. Und war sein Jackett nicht grau gewesen? Der Mann im Bus hatte ein schwarzes an … »Ich weiß nicht. Irgendwie sieht er auf einmal ganz anders aus«, sagte er.

»Ja, weil er sich umgezogen hat«, raunte Erna. »Deswegen ist er uns ja aufgefallen.« Ohne den Dieb aus den Augen zu lassen, erzählte sie, wie Emily den Mann entdeckt hatte und sie beide ihm nachgegangen waren.

»Und dann?«, fragte Lorenzo voller Spannung.

»Dann kamen Malik und Willi hinter uns hergelaufen und wir haben alle zusammen den Mann verfolgt. Und als er in den Bus eingestiegen ist, sind wir hinterher. Ich hab zum Glück mein Portemonnaie mit den zwei Dollar dabei, die mir Großmutter geschenkt hat«, erklärte sie stolz.

»Wow, ihr seid ja super!« Lorenzo war wirklich beeindruckt.

»Die anderen sitzen oben, um Ausschau zu halten, ob sie dich irgendwo entdecken. Aber die sehen ja, wenn der Mann aussteigt.«

Und genau das passierte im nächsten Moment. Der große Blonde mit dem Hut stand auf und stellte sich an die vordere Tür, Einsteins Aktentasche unter den Arm geklemmt. Als der Bus bremste, traten auch Lorenzo und Erna zur Tür. Und kurz bevor er wieder abfuhr, hüpften Emily, Malik und Willi auf die Straße.

Der Mann ging im gemächlichen Tempo die Fifth Avenue hinunter, ohne sich umzuschauen. Er sah wie ein ganz normaler Spaziergänger aus. Und auch die fünf versuchten, so unauffällig wie möglich zu wirken. Emily und Erna hakten sich unter und hielten sich nur wenige Meter hinter ihm, wobei sie immer wieder mal kurz anhielten, um in ein Schaufenster zu gucken. Mit einigem Abstand schlenderten die drei Jungs hinter ihnen her.

Als der Mann kurz vor einer Straßenkreuzung plötzlich anhielt und sich umdrehte, blieb Emily vor Schreck beinahe das Herz stehen. Der Dieb schaute ihr direkt ins Gesicht! Fest an Ernas Arm geklammert ging sie mit angehaltenem Atem dicht an ihm vorbei. Mit dem Ellenbogen streifte sie die Aktentasche, die er unter dem Arm trug. Für einen Moment blitzte der Gedanke in ihr auf, ihm die Tasche zu entreißen und davonzurennen. Aber der Mann bog in die Querstraße ein und die Chance war vertan.

»Puh!« Emily blies die Luft aus, während sie sah, dass die Jungs hinter dem Mann in die Nebenstraße einbogen. Und so kehrten auch Erna und sie um.

Die Schritte des Mannes wurden schneller. Er schien ein Ziel zu verfolgen und schließlich steuerte er auf einen kleinen Park zu, wo er sich auf einer Bank niederließ. Zum Glück hatte er ihnen den Rücken zugewandt und bemerkte nicht, wie die fünf stehen blieben und zu ihm hinüberstarrten.

»Jetzt sitzt der hier janz jemütlich inne Sonne!« Willi musterte den Dieb empört.

»Nee, der ist ziemlich nervös«, meinte Erna. »Seht mal, wie unruhig er mit dem Fuß wippt.«

»Kein Wunder. Wahrscheinlich hat er gerade die klügsten Gedanken der Welt geklaut.« Lorenzo hatte immer noch Einsteins entsetzten Blick in Erinnerung.

»Ob er so tun will, als ob er sich das selbst ausgedacht hat?«, fragte Malik.

»Das glaubt ihm doch eh keiner.« Emily rümpfte verächtlich die Nase. Dann senkte sie die Stimme. »Kuckt mal, der vornehme Typ da!« Sie deutete mit dem Kinn zu einem älteren Herrn mit Spitzbart, schwarzem Anzug mit Weste, Melone auf dem Kopf und silbernem Spazierstock in der Hand. Der Mann schritt auf den Park zu, sah sich in alle Richtungen um und steuerte schließlich die Bank an, auf der der Dieb saß. Obwohl es in der Nähe noch eine freie Bank gab, setzte er sich zu dem Blonden. Sie grüßten sich nicht und taten so, als säßen sie zufällig nebeneinander. Die Aktentasche stand jetzt genau zwischen ihnen.

»Der sieht schon eher wie ein gelehrter Professor aus, oder?«, meinte Erna.

Lorenzo nickte. »Die beiden tun nur so, als würden sie sich nicht kennen. Das merkt man doch.«

Noch während er sprach, fischte Malik mit dem Fuß etwas Buntes aus dem Gebüsch, hinter dem sie standen. »Ein Ball!«, sagte er und bückte sich.

Lorenzo rollte mit den Augen. Malik war wirklich ein Kindskopf. Doch als er ihn mit dem Ball in der Hand sah, kam ihm auf einmal eine Idee. Eine ziemlich verwegene, aber geniale Idee. Dieser alte zerkratzte Ball kam wie gerufen.

»Hört mal« sagte er leise. »Das ist es! Wir werfen uns den Ball zu. Dann landet er aus Versehen hinter der Bank, ich sprinte hin, aber anstatt den Ball zu nehmen, schnappe ich mir die Tasche.«

»Und was machst du damit? Der Blonde sieht ganz schön stark aus«, gab Erna zu bedenken.

Plötzlich ging alles sehr schnell, denn der Spitzbart zog unauffällig einen Umschlag aus seiner Brusttasche und legte ihn neben die Aktentasche. »Der gibt ihm Geld … Wir müssen uns beeilen«, raunte Lorenzo. Und schon riss er Malik den Ball aus der Hand und dribbelte damit über den Parkweg. »Hol ihn dir doch!«, rief er Malik zu.

»Das ist meiner!« Malik kreischte empört. Ein paar Sekunden später tobten sie alle fünf durch den Park, um sich gegenseitig den Ball abzujagen. Und als Lorenzo nur wenige Meter von der Bank entfernt war, warf Emily den Ball geschickt dahinter. Ihr Herz klopfte wie wild. Ob der Plan funktionieren würde?

»Ich hab ihn!«, rief Lorenzo. In der nächsten Sekunde griff er nach der Aktentasche und stürmte damit wie ein Wilder davon.

Emily stand wie angewurzelt da. Für einen Augenblick nahm sie alles wahr, als würde sie einen Film sehen. Der Mann mit dem Spitzbart, der so heftig aufsprang, dass ihm der Hut vom Kopf flog und über den Weg rollte. Der große Blonde, der wütend hinter Lorenzo herhechtete. Willi, der schreiend hinter dem Dieb herlief. Und Lorenzo, der in die falsche Richtung rannte – direkt auf einen Zaun zu. Nur noch wenige Sekunden, dann würde der Blonde ihn einholen.

Sie riss die Arme hoch. »Hier, Lorenzo, hier! Wirf mir die Tasche zu!«, brüllte sie, ohne nachzudenken.

Noch bevor der Blonde Lorenzo erreicht hatte, drehte der sich um. Eine Schocksekunde lang standen die beiden sich gegenüber, dann schleuderte Lorenzo die Aktentasche über den Kopf des Diebs zu Emily hinüber. Mit beiden Armen fing sie die Tasche auf und sprintete los.

Da gellte ein Schrei auf. War das Lorenzo? Im Laufen drehte sie sich um. Nein, Lorenzo stand immer noch am Zaun. Aber der Blonde, der war gestürzt. Bäuchlings lag er im Gras und starrte sie aus hasserfüllten Augen an. Sie sah, wie der ältere Mann fassungslos die Hände in ihre Richtung ausstreckte. Und dann schaute sie nur noch nach vorne. Einsteins Aktentasche an die Brust gedrückt rannte sie wie der Teufel davon. Nur weg aus dem Park, weg von dem Dieb, zur Straße hin, wo jede Menge Menschen waren.

30

»Emily! Halt an, Emily!« Es dauerte eine Weile, bis Emily die Rufe wahrnahm, so rauschte ihr das Blut in den Ohren. Während sie die Fifth Avenue entlangjagte, galoppierte ihr Herz wie ein Rennpferd. Die Tasche immer noch an sich gepresst, blieb sie im Eingang eines Buchladens stehen und sah sich um. War das der Dieb, der da geschrien hatte? War er hinter ihr her? Blödsinn, er kannte ja ihren Namen gar nicht. Es war Lorenzo, der da auf sie zugeprescht kam. Und hinter ihm liefen Malik, Erna und Willi. Die vier strahlten und grinsten um die Wette.

»Du willst wohl einen Weltrekord im Dauerlauf aufstellen, was?« Lorenzo hielt sich die Seiten und atmete heftig. »Ich wusste gar nicht, dass du so schnell sein kannst.«

»Na, wenn so ein stinkwütender Verbrecher hinter einem her ist …« Emily schnaufte ebenfalls.

»Ist er doch gar nicht.« Lorenzo lächelte.

»Nicht? Hat er etwa einfach so aufgegeben? Oder hat er sich den Fuß verstaucht?«

Inzwischen waren auch die anderen drei angekommen. Erna klopfte Emily begeistert auf die Schulter. »Das war famos! Wie du die Tasche aufgefangen hast, das war einfach famos!«

Willi reckte die Nase in die Luft, aus der ihm Blut aufs Hemd tropfte. »Und icke? Ick hab den Halunken zur Strecke jebracht! Ick hab ihm ein Bein jestellt! Det war ooch famos, oder nich?« Mit dem Handrücken wischte er sich das Blut von der Oberlippe.

Jetzt klopften ihm Erna, Lorenzo und Malik gleichzeitig auf den Rücken, sodass Willi erst recht nach Luft schnappte. Emily dagegen linste immer noch unruhig die Straße hinunter, um zwischen den Fußgängern hindurch womöglich den Dieb zu erkennen.

»Entspann dich, Emily. Du brauchst keine Angst zu haben. Der Mann kommt uns nicht hinterher«, beruhigte sie Lorenzo, während er Willi ein Taschentuch gab.

»Was ist denn passiert?«

»Na, der Typ ist über Willis Fuß gestolpert und da war er so wütend, dass er ihn zu Boden gerissen hat.«

»Der hat sich auf mir jeschmissen und wollte mir den Hals umdrehen!«, rief Willi stolz.

»Und dieser Alte mit dem Bart hat den Dieb angebrüllt, dass er gefälligst die Tasche zurückholen soll, anstatt den Jungen zu vermöbeln«, erzählte Erna weiter. »Aber bevor der überhaupt wieder auf den Füßen stand, ist ein Schupo gekommen, mit Pistole!«

»Der kam wie jerufen«, näselte Willi durch das Taschentuch hindurch.

»Klar, er hat ja das ganze Geschrei gehört«, meinte Malik. »Und dann hat er den Dieb festgehalten und der hat sich gewehrt und um sich gehauen und irgendwas auf Englisch geschrien.«

Lorenzo nickte. »Ja, mit einem ziemlich merkwürdigen Akzent. Der Polizist, der wollte natürlich wissen, was los ist. Und während er noch auf den Dieb einredete, hat sich der Alte mit dem Bart davongeschlichen, einfach durch die Büsche und weg.«

»Sogar seinen Umschlag mit dem Geld hat er noch schnell von der Bank genommen und eingesteckt«, ergänzte Erna.

»Und dann? Habt ihr dem Polizisten alles erzählt?« Emily schaute staunend von einem zum anderen.

Lorenzo lachte. »Nee, dann wären wir jetzt bestimmt nicht hier.« Er zuckte mit den Schultern. »Wir sind auch abgehauen«, sagte er mit einem schiefen Grinsen.

Emily sah ihn fragend an.

»Das war das Letzte, was ich wollte: mit der Polizei zu tun haben.« Er seufzte. »Emily, wir sind illegal eingewandert. Ohne Papiere sehen wir alt aus. Ich hab keine Lust, schon wieder auf der Polizeistation zu landen und womöglich tagelang da festzustecken.«

»Vielleicht hast du recht.«

»Und was machen wir jetzt?«, fragte Malik.

»Wir sollten zu den Großeltern gehen«, schlug Erna vor. »Die helfen uns bestimmt.«

Doch Lorenzo und Emily schüttelten den Kopf. »Nein!«, sagten sie wie aus einem Mund.

»Nein?«

»Wir gehen zum *Netherland* und bringen Einstein die Tasche zurück, oder?« Emily schaute zu Lorenzo und der nickte.

»Genau. Wenn wir ihm seine Tasche zurückbringen, wird man uns ja wohl zu ihm lassen.« Lorenzo machte bei der Erinnerung an den unfreundlichen Empfangschef ein düsteres Gesicht.

»Sollten wir nicht lieber mal losziehen?«, meinte Malik. »Vielleicht hat der Polizist den Mann ja inzwischen freigelassen.«

Erna zeigte zur Straße, auf der gerade ein Doppeldecker heranrollte. »Wir nehmen den Bus«, schlug sie vor und zog schon ihren Geldbeutel hervor. »Dann sind wir in wenigen Minuten beim Hotel.«

So saßen sie dieses Mal alle fünf oben auf dem Deck und äugten auf die Fifth Avenue hinunter. »Von dem Dieb ist nichts zu sehen«, sagte Emily erleichtert. Für einen Moment schloss sie erschöpft die Augen. Es flimmerte ihr hinter den Lidern von all der Anstrengung und Aufregung. Erst jetzt merkte sie, wie fest sie immer noch die lederne Aktentasche umklammerte. Waren da wirklich Einsteins Aufzeichnungen mit seinen weltberühmten Ideen drin? Ob sie mal hineinschauen sollten? Vorsichtig zog sie an dem metallenen Verschluss. Er ging nicht auf – und das war sicher auch besser so. Es kam ihr fast vor, als trüge sie ein Zauberbuch in den Händen, eins, das man lieber nicht anrühren sollte.

31

Im *Netherland* hatte sich die Aufregung um den Diebstahl offensichtlich gelegt. Weder von Einstein noch von der Polizei war etwas zu sehen. Der Streik des Hotelpersonals dagegen schien immer noch anzuhalten, denn an der Rezeption hatte sich eine Schlange von ungeduldigen Gästen gebildet. Der Empfangschef hinter dem Tresen war der einzige Angestellte, sodass er sich um all die Leute kümmern musste. Schweißnass klebten ihm die Haare an der Stirn und er wirkte so gestresst, dass sich die fünf kaum näher wagten.

»Hoffentlich wirft er uns nicht wieder raus«, flüsterte Malik, als er das gerötete Gesicht des Mannes sah.

»Ick wette, wenn wir nach Einstein frajen, explodiert er wie ’ne Bombe.« Willi klang, als ob er diesen Anblick kaum erwarten konnte.

»Der wird uns nicht mal ausreden lassen«, murmelte Lorenzo. »Es ist besser, wir warten hier auf Einstein. Irgendwann wird er ja wohl mal auftauchen, entweder aus seinem Zimmer oder von draußen. Kommt, wir setzen uns dahinten an das Zeitungstischchen.«

Ein Gutes hatte das Durcheinander. Niemand nahm Notiz von den Kindern, die sich an dem Tischchen niedergelassen hatten, alle fünf mit einer Zeitung vor der Nase, ohne wirklich zu lesen. Emily hatte Einsteins Aktentasche zwischen die Knie geklemmt und überflog die Seiten der New York Times, wobei sie mit einem Auge stets die Eingangshalle überwachte.

Doch dann blieb sie bei der Überschrift zu einem Artikel hängen. *Europe in Growing Danger of War!* Ihr Englisch reichte aus, um zu verstehen, was das bedeutete: In Europa wuchs die Gefahr eines Krieges. Emilys Blick wanderte zu Erna und Willi, die einträchtig nebeneinander in einem breiten Sessel saßen. Was für ein Glück, dass sie jetzt in den USA lebten, wo sie nicht vom Krieg betroffen sein würden. Wieder einmal wurde ihr ganz mulmig. Wie konnte es nur sein, dass die beiden schon tot waren, als sie geboren wurde? Vergangenheit, Gegenwart und Zukunft existierten doch nicht gleichzeitig! Lief die Zeit denn nicht stets in eine Richtung? Emily seufzte. Ob Albert Einstein ihnen tatsächlich diese Fragen beantworten würde?

Auch Erna dachte offenbar an das Phänomen der Zeit – und zwar daran, dass sie längst bei den Großeltern hätte sein müssen. Besorgt schaute sie zur Uhr über der Rezeption. »Meine Großmutter bekommt einen Herzinfarkt, wenn ich nicht bald nach Hause komme«, sagte sie. »Wo sie doch Mamá versprochen hat, sie würde auf mich aufpassen wie auf ihren Augapfel.«

Malik kicherte. »Ihren Augapfel?«

Jetzt mischte sich Willi ein. »Na, und icke? Ick hab versprochen, bloß zwee Stunden wegzubleiben ... Det jibt 'ne Tracht Prügel. Det sach ich euch.« Zerknirscht und gleichzeitig trotzig sah er aus. »Aber ick jeh nich nach Hause!«

Lorenzo guckte ernst. »Ihr beide solltet lieber gehen. Das kann hier ja noch Stunden dauern. Und du hast noch einen weiten Weg vor dir, Willi.«

Erna stand auf und auch Willi rappelte sich aus dem Sessel. »Na jut«, murrte er. »Aber morjen müsst ihr allet haarklein erzählen, was der Einstein jesagt hat.«

»Na, logisch!« Malik klopfte Willi auf die Schulter. »Wenn er denn überhaupt mal kommt. Ich hab solch einen Hunger.« Sein Blick wanderte sehnsüchtig zu der großen Obstschale auf dem Tresen.

»Bananen! Ick werd verrückt!«, rief Willi, der jetzt auch das Obst entdeckte. »Det hab ick noch nie probiert.« Und schon sauste er los. Ohne dass irgendjemand Notiz von ihm nahm, schnappte er sich drei Bananen und sauste damit wieder zu den anderen zurück.

»Du hast noch nie eine Banane gegessen?«, staunte Malik, als Willi doch tatsächlich in die Schale beißen wollte. »Das ist ja ein Ding.«

»Bei uns gibt es öfter Kolonialwaren. Ich hab sogar schon mal Ananas probiert«, trumpfte Erna auf. Aber dann war sie so großzügig, ihren Anteil an der Banane Willi zu überlassen. Immerhin würde sie ja gleich bei den Großeltern ein ordentliches Dinner bekommen, während Willi davon ausging, dass man ihn zur Strafe hungrig zu Bett schicken würde. Sogar das Geld für die Busfahrt holte sie für Willi aus ihrem Geldtäschchen. Sie verabredeten, sich am nächsten Tag um elf bei ihrer Bank schräg gegenüber dem *Netherland* zu treffen.

Als Erna und Willi schweren Herzens davongezogen waren, saß Malik still im Sessel versunken. »Lorenzo …« Er kaute auf seiner Unterlippe. »Lorenzo, meinst du, wir könnten den Willi mitnehmen?«

Lorenzo sah ihn fragend an.

»Das geht doch nicht, dass ihn sein Vater verprügelt!« Malik seufzte schwer. Aber dann gab er sich selbst die Antwort. »Na ja, es ist seine Familie und ich glaube, er liebt sie alle, auch seinen Papa.« Ganz nachdenklich wirkte er jetzt. »Und ohne Familie in der Zukunft rumzulaufen, wäre ja auch irgendwie doof, oder?«

Lorenzo setzte sich zu ihm in den Sessel und drückte ihn an sich. »Ja, Malik, für Willi ist es bestimmt besser, wenn er in seiner eigenen Zeit bleibt. Aber erst mal müssen wir ja sowieso herausfinden, wie wir zurückkommen.« Nun war es Lorenzo, der tief Luft holte. »Wenn doch nur ...« Er brach ab und sah zum Eingangsportal hinüber. »Da ist er ja endlich!«

Wie auf Knopfdruck sprangen sie alle drei auf. Ja, der kleine Herr mit dem Schnauzbart, der gerade von der Straße hereinkam, war tatsächlich der berühmte Professor.

Mit beiden Händen schwenkte Emily die Aktentasche durch die Luft. »Herr Einstein, Herr Einstein!«, rief sie. »Hier, Ihre Tasche! Wir haben sie dem Dieb abgejagt!«

Plötzlich war es still in der Hotelhalle, die eben noch vom Stimmengewirr erfüllt gewesen war. Alle starrten die drei Kinder an dem Zeitungstischchen an. Einige neugierig, andere erbost, so wie der Empfangschef hinterm Tresen. Aber einer war da, dessen Augen leuchteten. Sein Gesicht war ein einziges freudiges Erstaunen.

Der Empfangschef schoss hinter seinem Tresen hervor. Doch bevor er bei Emily ankam, stand Einstein schon vor ihr.

»Du liebe Güte, das ist sie! Ihr habt meine Tasche zurückgebracht«, sagte er. »Ich weiß nicht, wie ich euch danken soll.«

Eine Sekunde lang war Emily verwirrt. Einsteins Stimme kam ihr bekannt vor, eine liebenswürdige, ein bisschen süddeutsch klingende Stimme. Dieser Mann mit den braunen Augen, der ihr jetzt sanft die Aktentasche aus den Händen nahm, war ihr schon einmal begegnet. Sie konnte sich nur nicht erinnern, wo und wann.

32

War das ein Festmahl! Emily, Lorenzo und Malik saßen nebeneinander auf dem Sofa im Hotelzimmer des Professors. Beim Anblick des Tabletts, das der Kellner vor ihnen auf den Couchtisch stellte, lief Emily das Wasser im Mund zusammen. Das war mindestens so lecker wie das Menü, das ihnen Erna auf dem *Imperator* serviert hatte.

Albert Einstein hockte ihnen gegenüber auf einem Stuhl und schaute zufrieden zu, wie Emily und Malik das Essen nur so in sich hineinschaufelten. Lorenzo dagegen aß ohne großen Eifer.

»Das ist wirklich ein bescheidener Finderlohn, den ihr verlangt habt«, meinte Einstein. »Auch wenn es nicht ganz einfach war, solche Frikadellen im Brötchen mit Kartoffelstäbchen und Ketchup zu bekommen. Der Koch vom *Netherland* schien etwas überfordert. Aber er hat sich große Mühe gegeben, nicht wahr? Sieht gut aus.« Er angelte sich einen der Burger vom Tablett und biss hinein.

»Schmeckt echt lecker«, murmelte Malik mit vollem Mund.

»Ich bin euch wirklich so dankbar«, sagte Einstein. »Wenn das Manuskript weggewesen wäre, hätte ich sehr viel Zeit verloren …« Dann kicherte er. »Ach, Blödsinn, Zeit kann man natürlich nicht verlieren. Selbst ich nicht, obwohl ich manchmal recht schusselig bin. Das ist ja kein Regenschirm. Aber es wäre arg mühselig gewesen, alles noch einmal aufzuschreiben. Wer weiß, ob ich es ein zweites Mal überhaupt hinbekommen hätte.«

»Mit einem Computer wäre es viel einfacher«, meinte Emily. »Aber die sind ja leider noch nicht erfunden. Genauso wie Handys. Die hätten wir so gut brauchen können in all dem Chaos ...«

Einstein schaute sie neugierig an.

Doch noch ehe Emily irgendetwas sagen konnte, mischte sich Lorenzo ein. Die ganze Zeit schon war er ungeduldig. Wenn sein Hunger nicht so nagend gewesen wäre, hätte er vor lauter Nervosität keinen Bissen hinunterbekommen. Er wollte endlich zu dem kommen, weswegen sie seit Tagen den berühmten Physiker gesucht hatten. Und das waren nicht Burger, Pommes und Cola, sondern ein Gespräch – ein Gespräch über das, was ihnen widerfahren war. Ein Gespräch über die Zukunft und die Vergangenheit und darüber, wie sie wieder in ihre eigene Zeit zurückkamen. Nichts anderes hatte sich Lorenzo als Finderlohn gewünscht.

»Herr Einstein, ich ... wir ... wir haben ein paar Fragen an Sie«, stotterte Lorenzo. Auf einmal war sein Selbstbewusstsein wie weggepustet. Wenn der Professor sie nun auslachte oder so wie der Schiffsarzt für geistesgestörte Spinner hielt ...

Mit einem Lächeln wandte sich Einstein ihm zu. »Sprich nur. Was hast du auf dem Herzen, mein Junge?« Er schaute ihn so aufmunternd an, dass Lorenzo plötzlich das Gefühl beschlich, Einstein wisse ganz genau, was mit ihnen los war.

»Wir brauchen Ihre Hilfe, Herr Einstein«, sagte Lorenzo zögernd. »Es ist nämlich so: Also wir drei, Malik und Emily und ich, wir sind aus der Zukunft ... aus dem 21. Jahrhundert ...«

Immer noch schaute ihn Einstein voll freundlichem Interesse an, auch wenn sich auf seinem Gesicht ein Staunen breitmachte. »Aus dem 21. Jahrhundert?«, wiederholte er.

»Ja, von 2016!«, rief Malik.

»2020«, warf Emily ein.

Einstein musterte sie nacheinander, sagte aber nichts. Lorenzo lief der Schweiß zwischen den Schulterblättern hinunter. Wie heiß es in diesem Hotelzimmer war!

»Es klingt ziemlich verrückt«, sagte Emily jetzt. »Aber können Sie sich nicht an mich erinnern? Wir haben uns doch auf der *Queen Mary* getroffen, oben an Deck, und Sie haben eine kleine Rakete abgefeuert. Aber das war nicht 1913, das war 2020. Ehrlich!« Auch sie brach hilflos ab. Natürlich würde ihnen Einstein nicht glauben. Kein vernünftiger Mensch würde das tun. Trotzdem nahm sie einen neuen Anlauf. »Ich hab mir gemerkt, was Sie gesagt haben, Herr Einstein: Sie haben gemeint, zwei Dinge sind unendlich, das Universum und die menschliche Dummheit.«

Jetzt runzelte Einstein die Stirn. »Interessant.« Er lachte. »Das hätte ich tatsächlich nicht besser ausdrücken können.«

»Aber das waren ja Sie!«

»Hmm.« Einstein kratzte sich an der Nase. »Vielleicht ist es das Beste, ihr erzählt mir mal alles von Anfang an.«

Und das taten sie. Nacheinander, durcheinander, mal zögerlich, mal hastig, manchmal noch im Nachhinein voller Verwirrung und Schrecken. Alle drei breiteten die Geschichte vor

Einstein aus, die sie erlebt hatten. Eine Geschichte, die jeweils in der Nacht zu ihrem Geburtstag begonnen hatte und die dann ihren aberwitzigen Verlauf auf dem *Imperator* im Jahr 1913 genommen hatte.

Kein einziges Mal unterbrach Einstein sie. Auf der Stuhlkante sitzend, hörte er mit wachsender Spannung zu. Als sie von dem Feuer berichteten und Lorenzo erzählte, dass man ihn tot aus dem Wasser gezogen hatte, beugte sich Einstein so weit vor, dass er fast vom Stuhl kippte. »Ich bin gestorben?«, fragte er.

»Ja, die ersten Male sind Sie von der Gangway runtergefallen. Aber das letzte Mal haben wir alle Leute rechtzeitig gewarnt«, erklärte Lorenzo.

»Und jetzt leben Sie, nicht wahr?« Malik strahlte vor Stolz.

»Ich gehe davon aus.« Wieder lachte der Professor. Aber er lachte sie nicht aus. Es war ein sehr verdutztes Lachen, in das sich so etwas wie Begeisterung mischte. »Ihr habt also eine Zeitreise gemacht und das gleich mehrmals …«, sagte er. »Kaum zu glauben. Wirklich kaum zu glauben. Aber höchst interessant.«

Eine Weile war es still in dem überhitzten Hotelzimmer. Einstein ging zum Fenster und öffnete es. Emily atmete tief ein. Eine Mischung aus Geräuschen und Gerüchen wehte ins Zimmer, die ganz anders war als früher. Das heißt später … über hundert Jahre später … Emily presste die Hände gegen die Schläfen. Nein, das war wirklich zu absurd, um es zu glauben.

Einstein drehte sich zu ihnen um und runzelte die Stirn. »Also, ihr Kinder, theoretisch mögen Zeitreisen ja nicht ausgeschlossen sein. Aber praktisch sind sie eigentlich nicht möglich. Ich kann euch gerne erklären, wieso. Und dass das irgendetwas mit den Schaltjahren zu tun haben soll ... also nein ... da kann ich nur staunen.« Er wuschelte sich durch die Haare, die jetzt in alle Richtungen abstanden. »Aber wer sich nicht mehr wundern, wer nicht mehr staunen kann, der ist sozusagen tot – auch wenn man ihn lebend aus dem Atlantik gefischt hat.« Er kicherte vergnügt. »Das ist eine großartige Geschichte!«

»Aber es ist die Wahrheit«, sagte Lorenzo erschöpft. »Es ist ganz genau so passiert. Können Sie uns nicht helfen, dass das endlich aufhört? Bitte!« Flehentlich schaute er Einstein an.

»Ja, wir wollen nach Hause.« Malik hatte plötzlich Tränen in den Augen.

»Mama und Papa sind doch bestimmt schon ganz krank vor Kummer«, flüsterte Emily.

Lange blickte Einstein von einem zum anderen. Ernst und nachdenklich sah er jetzt aus. »Nun ja.« Er räusperte sich. »Da ihr tatsächlich hier seid – vielleicht ist es ja doch möglich ... also die Zeitkrümmung ... tja ...« Wieder zerzauste er sich mit allen zehn Fingern die Locken. »Das ist sehr faszinierend. Wer weiß, was es im 21. Jahrhundert für Möglichkeiten gibt ... Und ihr seid nicht mit einer Art Rakete gekommen, einem Raumfahrzeug, wenn ich euch richtig verstanden habe, oder? Sehr erstaunlich. Sehr aufschlussreich.«

»Sie glauben uns?« Lorenzos Herz klopfte schneller.

»Ich versuche es, mein Junge«, antwortete Einstein. »Auch wenn mein Kopf da nicht so richtig mitkommt. Aber, weißt du, durch bloßes logisches Denken vermögen wir keinerlei Wissen über die Erfahrungswelt zu erlangen. Alles Wissen über die Wirklichkeit geht von der Erfahrung aus und mündet in ihr.« Er nickte. »Und meine Erfahrung jetzt gerade ist, dass hier drei Kinder vor mir sitzen, die mir von der Zukunft erzählen – und die so wahrhaftig sind, wie Menschen nur sein können.« Er ging zu seinem Schreibtisch hinüber und nahm einen Bleistift. »Lasst mich mal überlegen«, sagte er.

Über den Tisch gebeugt, begann er ein paar Formeln aufzuschreiben. Erst langsam, dann immer schneller kritzelte er etwas auf ein Blatt Papier. Nach einigen Minuten, die den dreien endlos vorkamen und in denen sie sich kaum zu bewegen trauten, drehte er sich zu ihnen um. »Also«, sagte er. »Eine Theorie ist umso eindrucksvoller, je größer die Einfachheit ihrer Prämissen ist. Und die erste Prämisse, von der ich ausgehe, ist die, dass es möglich zu sein scheint, hundert Jahre im Bruchteil einer Sekunde zu überwinden.«

»Was ist eine Prämisse?«, fragte Emily.

»Eine Voraussetzung oder Annahme, aus der eine logische Schlussfolgerung gezogen wird«, erklärte Einstein, wobei er sich schon wieder seinen Aufzeichnungen widmete. »Nun, wenn ich als zweite Prämisse setze, dass dieser Schritt in alle Richtungen der Zeit erfolgen kann, dann müsste ich allerdings zunächst das Raum-Zeit-Kontinuum aus einer ungewöhnlichen Perspektive betrachten.« Seine Worte gingen in ein unverständliches Gemurmel über. Er zog den Stuhl zu sich heran, setzte sich an den Schreibtisch und notierte in einem rasanten Tempo Zahlen und Formeln. Ein Blatt nach dem anderen füllte er.

Fasziniert sahen Lorenzo, Emily und Malik ihm zu. Jedes Mal, wenn sie aus seinem Gemurmel so etwas wie »Das geht nun gar nicht« oder »Nein, nein, leider nein« heraushörten, sank ihre Zuversicht. Und immer, wenn er freudig »Interessante Idee!« oder gar ein triumphierendes »Na, bitte!« rief, schöpften sie wieder Hoffnung.

Draußen vor dem Fenster war es bereits dunkel, als Einstein den letzten Zettel seines Schreibblocks abriss. Die drei schweigsamen Kinder auf dem Sofa, die kaum noch die Augen aufhalten konnten, schien er gar nicht mehr wahrzunehmen. Hastig durchwühlte er die Schubladen des Schreibtischs, und als er dort kein Papier fand, zog er sein Manuskript aus der Aktentasche. Doch offensichtlich hatte er schon Vorder- und Rückseiten beschrieben. »Nun denn, nun denn. Vielleicht muss ich sogar die Elektrodynamik bewegter Körper noch einmal überdenken«, sagte er, stand auf und begann auf der weißen Tapete des Zimmers weiterzuschreiben.

Malik hatte längst aufgehört, zuzuhören. An Emilys Schulter gedrückt, döste er vor sich hin, den letzten Burger noch in der Hand. Aber Emily und Lorenzo folgten jedem Wort des Physikers, jeder Bemerkung, auch wenn sie nichts davon verstanden. Ihnen schwirrte der Kopf von all den Begriffen, die da fielen. Je mehr Formeln und Zahlenreihen sich über die Wand zogen, desto verwirrter waren sie. Dass irgendjemand eine Logik in diesem Gekritzel erkennen konnte, war fast so unglaublich wie eine Zeitreise.

Nach einer Ewigkeit drehte sich Einstein zu ihnen um, als wollte er sich vergewissern, dass sie wirklich existierten. »Nun, vielleicht, man müsste nur für den Bruchteil einer Millisekunde …«, hörte Emily ihn sagen. Sie sah sein Gesicht nur noch verschwommen und all die Zahlen an der Tapete verwischten sich zu einem grauen Schleier. Hinter ihren Schläfen wummerte ein dumpfer Schmerz, in ihren Ohren dröhnte es, die Hitze im Hotelzimmer war betäubend.

Ihr wurde schwindlig, die Wände drehten sich, von irgendwoher wehte die Stimme des Professors durch den Raum. Ganz leicht fühlte sich ihr Kopf jetzt an, ihr Körper schien sich aufzulösen. Das Letzte, was sie wahrnahm, waren die warmen, klugen Augen Albert Einsteins, in denen eine große Freude über die Wunder dieses Universums zu liegen schien.

Teil 3

Atlantischer Ozean

Das Schönste, was wir erleben können,
ist das Geheimnisvolle.

Albert Einstein

33

»Emily … Emily!«

Wer war das? Warum weckte man sie mitten in der Nacht? Oje, sicher war es schon spät am Morgen und sie musste zur Schule.

»Nun mach doch bitte endlich die Augen auf, Geburtstagskind!«

Das war Papas Stimme, ganz eindeutig. Na klar, sie war ja gar nicht zu Hause in Hamburg, sondern auf der *Queen Mary*. Wie konnte man nur so tief schlafen, dass man Zeit und Raum vergaß? Am liebsten würde sie weiterschlafen, bis ihr Kopf sich nicht mehr wie Watte anfühlte.

»Emily, was ist denn nur los mit dir? Du schläfst ja wie eine Tote. Ich werde wohl lieber den Schiffsarzt holen.«

Jetzt endlich öffnete Emily die Augen und schaute ihren Vater, der neben ihr auf der Bettkante saß, erschrocken an. »Den Schiffsarzt? Bloß nicht! Der hält uns für verrückt und sperrt uns ein, hat Lorenzo gesagt.«

»Was redest du denn da?« Ihr Vater legte ihr die Hand auf die Stirn. »Hast du Fieber, Liebes?«

Emily setzte sich auf und schaute sich um. »Die Kabine auf dem *Imperator* fand ich hübscher«, sagte sie. Doch dann nahm sie den besorgten Blick ihres Vaters wahr. Und plötzlich wurde sie von einer Mischung aus großer Erleichterung und Verwirrung überwältigt. »Papa«, murmelte sie, während sie sich in seine Arme drückte. »Papa, ich hab so etwas Verrücktes erlebt, das kannst du dir gar nicht vorstellen.«

Ihr Vater klopfte ihr beruhigend auf den Rücken. »Das stimmt«, sagte er. »Du bist doch tatsächlich im Stehen an Deck eingeschlafen. Ich glaube, ich bin gerade noch rechtzeitig gekommen, bevor du umgekippt bist.«

»Hast du den Mann noch gesehen, Albert Einstein?«

»Albert Einstein? Oje ... Ich möchte mal wissen, was sie auf diesem Schiff als Kindersekt ausschenken. Das muss hochprozentig gewesen sein.« Er lachte ein etwas schiefes Lachen, in das sich immer noch Besorgnis mischte.

Emily schüttelte den Kopf. »Papa, das war er wirklich. Ich schwöre es! Er hat eine Rakete angezündet, also nur so eine kleine, und dann ...« Sie stockte und rieb sich die Schläfen. Plötzlich war alles wieder so nah und so lebendig. Ihre Verwirrung darüber, auf dem falschen Schiff herumzulaufen ... ihre Begegnung mit Lorenzo und Malik ... Erna und Willi ... das Feuer ... die Polizisten auf dem Kai ... Ellis Island und die nette alte Dame ... die Sorge um Lorenzo ... der Dieb im Park ... das überhitzte Hotelzimmer, in dem Einstein die Wand vollschrieb – das alles umfasste Tausende und Abertausende Momente und schien trotzdem in einer einzigen Sekunde passiert zu sein.

»Und dann?« Ihr Vater musterte sie immer noch mit diesem liebevoll besorgten Blick.

»Dann war ich auf einmal im Jahr 1913, aber nicht mehr auf

der *Queen Mary*, sondern auf der *Imperator*. Auf *dem Imperator*, so heißt es eigentlich, weil nämlich der Kaiser das so wollte, hat Willi gemeint …« Mit jedem Wort wurde sie unsicherer und schließlich schaute sie hilflos auf ihre Finger. Was redete sie denn da? Das konnte doch alles nicht wahr sein! Der Kaiser … was ging sie der Kaiser an? Es gab schon ewig keinen Kaiser mehr.

»Emily, du hast geträumt.« Ganz sanft klang die Stimme ihres Vaters. »Du hast so tief geschlafen, dass du nicht einmal gemerkt hast, wie ich dich in die Kabine getragen habe.« Er zupfte an ihrer Bettdecke. »Na los, rappel dich auf, Schlafmütze. Am besten, du nimmst eine kalte Dusche, damit du richtig wach wirst.« Er stand auf, wobei er sie immer noch mit leichter Sorge betrachtete.

»Ja, Papa. Klar.« Emily seufzte. »Ich muss wohl wirklich geträumt haben. Aber es war so echt!«

Ihr Vater reichte ihr die Hand und sie schwang die Beine aus dem Bett.

»Komm! Ich bringe inzwischen dein Kleid weg. Das muss gereinigt werden. Ich möchte mal wissen, wieso es so schmutzig ist. Es stinkt irgendwie nach Rauch.«

Emilys nackte Füße berührten das Kleid, das vor ihr auf dem Boden lag. Ihr Vater musste es ihr in der Nacht noch ausgezogen haben. Sie hob es auf und hielt es unentschlossen in den Händen. Dann vergrub sie die Nase in dem feinen schwarzen Stoff. Und auf einmal war wieder alles da. Der so andere Geruch auf dem Dampfschiff … der brüllend heiße Kesselraum … der rußverschmierte Heizer, der sie gepackt hatte … Lorenzo, an ein Rohr gekettet … das Menschengedränge in den

Gängen voller Rauch, durch die sie mit Malik gelaufen war … Nein, das konnte doch kein Traum gewesen sein, oder? »Papa, ich war wirklich auf dem *Imperator*«, murmelte sie.

Ihr Vater strich ihr über die zerzausten Haare. »Nun lass mal gut sein, Emily, und geh unter die Dusche.« Er klang etwas ungeduldig und nahm ihr das Kleid aus der Hand. Als er schon an der Tür war, drehte er sich um. »Du hast noch nicht einmal deinen Geburtstagstisch angeschaut, Emmi. Wollen wir mit dem Auspacken warten, bis du richtig wach bist?«

Erst jetzt fiel Emilys Blick auf das Tischchen vor dem Sofa. Inmitten hübsch verpackter Geschenke thronte ein Schokoladenkuchen mit zwölf kleinen Kerzen. »Das machen wir, Papa. Bis gleich«, antwortete sie betont munter.« Sie stand auf und reckte sich. Jeder Muskel tat ihr weh.

Dann war sie allein in der Kabine. Endlich. Sie musste erst mal ein paar Minuten Ruhe haben, um einen klaren Kopf zu bekommen. Nicht einmal die Geschenke interessierten sie in diesem Moment wirklich – das war ihr noch an keinem Geburtstag passiert. Und dennoch ging sie langsam auf das Tischchen zu. Irgendetwas hatte sie dort gesehen, das sie magisch anzog. Ein wenig abseits lag ein Gegenstand, der nicht zu den bunten Päckchen passte. Es war ein Buch, ein in dunkelblaues Leinen gebundener Wälzer, der ziemlich altmodisch und abgegriffen aussah. Hatte Papa das für sie ausgesucht und nicht mehr die Zeit gefunden, es einzupacken? Ein bisschen schäbig wirkte es, so als wäre es vom Flohmarkt. Was war das für ein Buch?

Emily nahm das Buch in die Hand, klappte es auf und blätterte flüchtig durch die Seiten. Es war ein englischsprachiger

Roman, sicher viel zu kompliziert für sie. Unschlüssig blätterte sie zurück und las den Titel. Und da stockte ihr der Atem.

How I Saved Einstein's Life
An adventure story for everybody who still believes in miracles

by William Shoemaker

New York, 1940

Wie ich Einstein das Leben rettete? Mit dem Buch in der Hand ging Emily wie eine Schlafwandlerin zurück zum Bett und ließ sich plumpsen. Aufgeregt überflog sie die Zeilen, die dort über den Autor standen. William Shoemaker, geboren 1904 in Berlin, gestorben 1984 in New York, Kind deutscher Einwanderer, die 1913 Deutschland verlassen hatten …

»Das ist Willi«, flüsterte sie. »Willi Schuhmacher.« Ungläubig strich sie mit den Fingern über die Seite und dabei sah sie den kleinen Willi so deutlich vor Augen, als würde er vor ihr stehen. »Wenn ick jroß bin, werd ick Bücher mit Abenteuern schreiben. Ick kann sojar schon lesen!« Genau das hatte er gesagt in seinem ulkigen Berlinerisch. Dann war er also wirklich Schriftsteller geworden!

Atemlos las sie das Vorwort des Romans. Ein Vorwort, in dem der Autor behauptete, dass er die Begebenheiten zum Teil selbst erlebt hatte. »As a child when I was still open for the wonders of the world.«

Mit klopfendem Herzen vertiefte sich Emily in den Anfang

der Geschichte. Sie verstand nicht viel von dem englischen Text mit seinen komplizierten Wörtern. Aber es reichte, um zu erfassen, wovon die ersten Seiten handelten: Von einem Mädchen namens Emily, das mit seinem Vater unterwegs auf einem Kreuzfahrtschiff ist, im Februar des Jahres 2020, kurz vor ihrem zwölften Geburtstag … Zeile um Zeile wurde sie mehr hineingezogen in die Geschichte dieses Mädchens, das plötzlich in einer anderen Zeit aufwacht. Wie gut Willi diese Szene beschrieben hatte!

Während sie las, spürte sie, dass es irgendwo auf dem Atlantik zwei Jungs gab, einen großen und einen kleinen, die in diesem Moment genau dieselben Zeilen lasen – und zwar ziemlich sicher im Jahr 2016.

Und irgendwo war da ein liebenswürdiger, aber ein wenig verrückter Professor, der klügste Mensch aller Zeiten, der an das Unmögliche glaubte. Was hatte er gesagt, als er in seinem New Yorker Hotelzimmer die Tapete vollkritzelte? »Der Unterschied zwischen Vergangenheit, Gegenwart und Zukunft ist eine Illusion, wenn auch eine sehr hartnäckige …« Emily hielt das Buch in den Händen, ohne weiterzulesen. Ihre Verwirrung war verschwunden und sie hatte gar nicht mehr den Wunsch, das alles verstehen zu wollen. Für einen glücklichen Moment war sie mit allen verbunden: mit Einstein und Lorenzo und Malik und Erna und Willi.

Anhang

Die Geschichte von Emily, Lorenzo, Malik, Willi und Erna hat sich vermutlich nicht so zugetragen. Aber viele der hier beschriebenen Einzelheiten beruhen auf Dingen und Ereignissen, die es tatsächlich gegeben hat – auch wenn manches für diesen Roman ein wenig verändert wurde.

Wer es genauer wissen will, findet im Folgenden die Hintergründe.

Der Imperator

Der *Imperator* war der erste der großen Passagierdampfer der HAPAG für regelmäßige Fahrten über den Nordatlantik. (Die beiden anderen hießen *Vaterland* und *Bismarck*.) Anders als sonst bei Schiffen üblich wurde auf Wunsch Kaiser Wilhelms II. der männliche Artikel benutzt. Am 11.6.1913 lief der *Imperator* von Cuxhaven zur Jungfernfahrt nach New York aus.

Es war damals das größte Schiff der Welt – mit 268 Metern Länge und 30 Metern Breite konnte es rund 4 200 Passagiere aufnehmen. Die 1. Klasse/Luxusklasse hatte Platz für 908, die 2. Klasse für 592, die 3. Klasse für 962 und die 4. Klasse/Zwischendeck für 1 772 Menschen. Dazu kamen 1 200 Mann Besatzung, die sich um das Schiff und die Passagiere kümmerten. (Zum Vergleich: Auf der am 14.4.1912 gesunkenen *Titanic* waren es 2 400 Reisende und 897 Besatzungsmitglieder.)

Das Feuer auf dem Imperator

Nach der Ankunft in Hoboken am 26.8.1913 brach am frühen Morgen ein Feuer im vorderen Teil des *Imperator* aus. Bei dem Versuch, den Brand zu löschen, kamen ein Schiffsoffizier und ein Matrose ums Leben. Die Passagiere der 3. und 4. Klasse wurden im Schlaf vom Alarm überrascht; in Panik retteten sie sich an Land. Dort wurden sie tatsächlich von bewaffneten Polizisten bewacht, damit sie nicht unkontrolliert in die USA gelangten.

Die Queen Mary 2

Die *Queen Mary 2* erinnert in ihrem Aussehen und ihrem Luxus an die großen Passagierdampfer des frühen 20. Jahrhunderts. So wie der *Imperator* wurde sie für die linienmäßige Überquerung des Atlantiks gebaut, aber auch für Kreuzfahrten. Ihre Jungfernfahrt startete am 12.1.2004. Sie ist 345 Meter lang und 42 Meter breit und bietet Platz für knapp 3 100 Passagiere sowie rund 1 250 Besatzungsmitglieder.

Ellis Island

Die kleine Insel im Hudson River im Hafengebiet von New York war Sitz der Einreisebehörde. Von 1892 bis 1954 wanderten rund 12 Millionen Menschen über Ellis Island in die USA ein. Der Rekordtag war der 17.4.1907, an dem fast 12 000 Immigranten auf die Insel kamen. Sie alle wurden gründlich kontrolliert, bevor sie ins Land gelassen wurden.

Als Erstes mussten die Einwanderer eine steile Treppe zum Registrierraum emporsteigen, wobei sie von Ärzten beobachtet wurden. Hatte jemand Probleme, wurde er gründlicher untersucht. Wer als nicht gesund galt, bekam ein Kreidezeichen auf die Schulter gemalt (ein S für Senilität/Altersschwäche, ein Ct für die Augenkrankheit Trachom und ein X für eine psychische Erkrankung). Kranke Kinder ab zwölf Jahren wurden ohne ihre Eltern zurückgeschickt.

Kleindeutschland

Im Süden Manhattans gab es ein Viertel, das *Kleindeutschland, Little Germany* oder auch *Deutschländle* genannt wurde. Anfang des 20. Jahrhunderts lebten dort rund 50 000 deutsche Einwanderer. Sie hatten deutsche Biergärten, Sportvereine, Schützenvereine, deutschsprachige Bibliotheken, Chöre, Schulen und Kirchen sowie eine eigene Zeitung.

1913 hatte *Little Germany* bereits an Bedeutung für deutsche Einwanderer verloren. Als Ursache gilt ein tragisches Schiffsunglück, die *General-Slocum*-Katastrophe am 15. Juni 1904.

Die evangelisch-lutherische Kirche hatte für ihr jährliches Picknick zum Schuljahresende eine Fahrt mit dem Schiff *General Slocum* auf dem New Yorker East River organisiert. Über 1 300 Passagiere, überwiegend Frauen und Kinder aus der Mittel- und Oberschicht, waren an Bord. Als ein Feuer ausbrach, kamen mehr als 1 000 Menschen ums Leben. Diese Katastrophe hat die deutsche Gemeinde so stark getroffen, dass das Leben sich dort schlagartig veränderte. Schulen hatten keine Schüler mehr, Geschäfte keine Eigentümer, Hinterbliebene zogen fort oder begingen sogar Selbstmord.

Der Ausbruch des Ersten Weltkriegs 1914, der zur Gegnerschaft zwischen Deutschland und den USA führte, verstärkte das Verschwinden von *Little Germany*. Viele Einwanderer wollten ihre deutsche Herkunft lieber leugnen als betonen. Sie änderten zum Beispiel ihre Namen von Müller in Miller oder von Schuhmacher in Shoemaker.

Der Streik des Hotelpersonals

Am 7. Mai 1912 begann der *New York City Waiters' Strike*, der sich bis Ende Juni 1912 hinzog. Die Polizei griff hart gegen die Menschen durch, die für bessere Arbeitsbedingungen kämpften. Sie forderten u. a. einen freien Tag pro Woche und einen Mindestlohn von 10 Dollar die Woche für Kellner sowie 5 Dollar für Zimmermädchen. Weil sich die Situation kaum verbesserte, kam es in den folgenden Jahren immer wieder zu Streiks, so auch 1913.

Ausstellung von Afrikanern im Berliner Zoo

Sogenannte Völkerschauen waren in Europa sehr beliebt. Vor allem zwischen 1870 und 1940 wurden Angehörige fremder Völker im Zoo oder im Zirkus, im Varieté, auf Jahrmärkten, Volksfesten und auf Kolonialausstellungen in möglichst naturgetreuer Kulisse präsentiert. Obwohl 1900 im Deutschen Reich die »Ausfuhr von Eingeborenen aus den Kolonien zum Zwecke der Schaustellung« verboten wurde, gab es weiterhin viele solcher menschenunwürdiger Shows.

Albert Einstein

Albert Einstein, der am 14.3.1879 in Ulm geboren wurde, gilt als einer der bedeutendsten theoretischen Physiker aller Zeiten. Er forschte zur Struktur von Materie, Raum und Zeit sowie zum Wesen der Gravitation (Schwerkraft) und veränderte mit seinen Ergebnissen maßgeblich das zuvor geltende Weltbild.

1905 erschien seine Arbeit mit dem Titel »Zur Elektrodynamik bewegter Körper«, die heute als *spezielle Relativitätstheorie* bezeichnet wird. 1915 veröffentlichte er die *allgemeine Relativitätstheorie*. Sie beschreibt die Wechselwirkung zwischen Materie, Raum und Zeit.

Im Jahr 1913 wechselte er von der Uni Zürich nicht an die Universität von Princeton (in der Nähe von New York), sondern zunächst an die Uni in Berlin. In die USA ist er erstmals 1921 gereist, wo er Ehrendoktor der Universität Princeton wurde. 1922 erhielt er den Nobelpreis für Physik. Ab 1932 lebte Einstein in Princeton, wo er 1955 starb.

Einstein-Zitate

»Fantasie ist wichtiger als Wissen, denn Wissen ist begrenzt.« (»Imagination is more important than knowledge. For knowledge is limited.«)

Aus einem Interview mit dem Journalisten G. S. Viereck
in der *Saturday Evening Post* vom 26.10.1929.
Dort wird Einstein auch als ein kinderlieber Mensch
beschrieben, der sehr geduldig seine Theorien erklärt.

»Zwei Dinge sind unendlich, das Universum und die menschliche Dummheit, aber bei dem Universum bin ich mir noch nicht ganz sicher.«

Hierbei handelt es sich um ein
unter Einsteins Namen verbreitetes Zitat,
dessen Herkunft nicht bekannt ist.

»Für uns gläubige Physiker hat die Scheidung zwischen Vergangenheit, Gegenwart und Zukunft nur die Bedeutung einer, wenn auch hartnäckigen, Illusion.«

Hierbei handelt es sich um ein Einstein zugeschriebenes Zitat, das vermutlich aus einem Kondolenzbrief stammt, den Einstein anlässlich des Todes eines Freundes 1955 schrieb, kurz vor seinem eigenen Tod. Die auf Seite 88 abgedruckte Formulierung entspricht einer weitverbreiteten Fassung des Zitats.

»Wer sich nicht mehr wundern, wer nicht mehr staunen kann, der ist sozusagen tot und sein Auge erloschen.«

Aus: Albert Einstein, Mein Weltbild, Ullstein Taschenbuch, Berlin, 32. Auflage 2014

»Durch bloßes logisches Denken vermögen wir keinerlei Wissen über die Erfahrungswelt zu erlangen. Alles Wissen über die Wirklichkeit geht von der Erfahrung aus und mündet in ihr.«

Aus: Albert Einstein, Mein Weltbild, Ullstein Taschenbuch, Berlin, 32. Auflage 2014

»Eine Theorie ist desto eindrucksvoller, je größer die Einfachheit ihrer Prämissen ist.«

Aus: Schilpp, P. A., Hg., Albert Einstein als Philosoph und Naturforscher, Braunschweig 1955

»Das Schönste, was wir erleben können, ist das Geheimnisvolle.«

Aus: Albert Einstein, Mein Weltbild, Ullstein Taschenbuch, Berlin, 32. Auflage 2014

Cornelia Franz, geboren 1956 in Hamburg, studierte Germanistik und Amerikanistik. Nach einer Ausbildung zur Verlagsbuchhändlerin arbeitete sie mehrere Jahre als Lektorin. 1993 begann Cornelia Franz, Reiseführer, Romane für Erwachsene und vor allem Kinder- und Jugendbücher zu schreiben. *Wie ich Einstein das Leben rettete* ist ihr erstes Buch bei Gerstenberg.

Petra Baan, geboren 1977 in Zwijndrecht, Niederlande, studierte an der Kunsthochschule Utrecht Illustration. Sie arbeitet als Illustratorin, Designerin und Siebdruckerin u. a. für Buch- und Zeitschriftenverlage. Seit 2016 lebt Petra Baan mit ihrer Tochter in Berlin.

Ich danke dem Auswanderermuseum BallinStadt Hamburg und dem Deutschen Auswandererhaus Bremerhaven für die vielfältigen Informationen und Anregungen.

Cornelia Franz

FSC
www.fsc.org
MIX
Papier aus verantwortungsvollen Quellen
FSC® C014496

1. Auflage 2020

Umschlag und Vignetten: Petra Baan
Druck und Bindung: GGP Media GmbH, Pößneck
Printed in Germany

ISBN 978-3-8369-6057-1

www.gerstenberg-verlag.de